官商鬥法

之 13

真相何在

姜遠方 著

目錄 CONTENTS

第一章

新官上任

下車伊始，穆廣並沒有像一般到任的官員那樣，
先各個部門跑一遍，熟悉熟悉情況，而是把第一站放到了北京。
傅華接到了通知，説新來的副市長穆廣要到北京來，
讓他做好接待工作，趕忙就開始佈置接待穆廣的工作。

金達對新到任的穆廣印象很模糊，說不上好，也說不上不好，穆廣戴著一副厚重的黑框眼鏡，金達無法從他的眼鏡看透過去，也就無法真正的看到他的內心。

金達只知道穆廣態度顯得很謙卑，跟他說話，都是臉上帶著笑容的，不過，他認為這種謙卑很可能是裝出來的。

金達做市長的時間雖然不長，可是已經知道作為一個一把手，很多時候是不能謙卑的，也許在徵求意見的時候可以謙卑，但做決定的時候，就需要那種果敢的決斷性，否則很多事情是做不好的。

從穆廣的資歷來看，他曾經是一個很好的縣委書記，而且也把一個縣治理的很好，顯然他是一個很有決斷性很有能力的人，這樣的一個人肯定不是謙卑的。

雖然金達知道穆廣的這份謙卑是裝出來的，但他心中並沒有十分在意，他現在已經了解政壇實際上是一個舞臺，在這上面來來去去的官員們實際上都是演員，而一個好的演員是應該適時的演好自己的角色的。以前穆廣是一把手，他就應該展現他的決斷能力，而現在他的角色變了，成了自己的副手，表演一下謙卑也是應該的。

金達對穆廣能夠適時的調整心態感到很高興，這是一個很聰明的人，而跟聰明人合作，能夠省去很多的麻煩。而且就目前瞭解到的情況而言，穆廣也確實是一個能人，金達不是容不得手下有能力的人，他希望自己的手下越有能力越好，這樣就很容易出成績，而出了成績，最受益的還是他這個領導者。

因此總的來說，金達對穆廣的到來是持歡迎態度的。

下車伊始，穆廣並沒有像一般到任的官員那樣，先各個部門跑一遍，熟悉熟悉情況，而是把第一站放到了北京。

傅華接到了政府辦公室的通知，說新來的副市長穆廣要到北京來，讓他做好接待工作，傅華趕忙就開始佈置接待穆廣的工作。

對穆廣的到來，他是十分重視的。雖然由於駐京辦工作的性質，傅華常常可以直接跟市長聯繫，可是駐京辦實際的分管領導是常務副市長，直接的分管領導，又是新到海川上任的，傅華可不敢有絲毫大意。

穆廣並沒有選擇坐飛機到北京來，而是帶了車過來，傅華接到穆廣的秘書劉根的電話，說穆副市長到了，便趕忙迎了出來。

開到海川大廈門前的是兩輛轎車，一輛奧迪、一輛賓士。

傅華認識那輛奧迪，這輛奧迪原本是李濤的用車，李濤走了，自然成為繼任者穆廣的用車，就趕忙往奧迪車迎過去。

不料奧迪車門打開，下來一位二十七八歲的年輕人，笑著對傅華說：「是傅主任吧，我是穆副市長的秘書劉根，穆副市長在賓士車上呢。」

劉根是穆廣從縣委書記任上帶到海川的，因此傅華並不認識。

傅華知道自己弄錯了，便趕忙跟著劉根走到了賓士車旁。

這時，後面的賓士車門打開，一個四十多歲、戴著黑框眼鏡的中年男子走了下來，傅華便知道此人就是穆廣了。

傅華趕忙迎了上去，笑著說：「您好，穆副市長，我是海川駐京辦的主任傅華，歡迎您到駐京辦來。」

穆廣上下打量了一下傅華，跟傅華握了握手，說：「你好傅主任，我很早就知道海川駐京辦有一個能幹的主任，今日一見，果然不錯啊。」

傅華笑了笑，說：「穆副市長誇獎了。」

穆廣又抬頭看了看海川大廈，點頭稱讚說：「氣派啊，傅主任能夠在北京這個地方建起這樣一座大廈，不容易啊。」

傅華解說著：「這不是我們駐京辦一家建起來的，是三家合營的。」

穆廣笑笑說：「那也不錯啊，多少駐京辦還在租房辦公呢。來，我給你介紹，這位是東海雲龍公司的錢總，剛好他也要到北京來辦事，我就和他一起過來了。」

穆廣介紹的錢總，是剛從賓士車上下來的一位五十多歲的男子，個子不高，衣著華貴，笑咪咪的，很和善的一個人。

錢總跟傅華握了握手，說：「幸會啊，傅主任。」

傅華沒想到穆廣到北京來竟然會帶商人同行，似乎有點傍大款的味道，不過，這也不是他能夠去置評的，便笑了笑說：「幸會，歡迎錢總到北京來。」

穆廣說：「這次幸好能有錢總同行，有人說，開寶馬，坐賓士，他的賓士車果然坐著很舒服。」

傅華心說：你找一個賓士車主跟你來北京，不會就是為了坐著舒服吧？看來這又是一個圖享受的主兒，心裏對穆廣的評價一下子就低了很多。

傅華說：「穆副市長，房間已經安排好了，您一路風塵，是不是先去休息一下？」

穆廣笑笑說：「是要休息一下了。」

傅華就帶著穆廣進了房間，這間房是海川大廈最高檔的房間之一，穆廣看了看，滿意地說：「我這次要跟幾個部委裏的朋友見面，這個房間可以幫我裝裝場面，不錯啊。不過，傅主任，以後不要再安排這麼好的房間了。」

傅華解釋說：「這本來就是自家的酒店，暫時也沒客人住，閒著也是閒著的。」

穆廣笑笑說：「問題不在這裏，我個人不喜歡太奢侈，這一次要不是應酬，我是不會住這裏的。」

傅華有些摸不著頭腦，這個人為了享受可以帶一個老闆到北京，可是住起自家酒店來，卻又說不喜歡太奢侈，這不是前後矛盾嗎？

不過，傅華也不能去問穆廣為什麼，便說：「好的，穆副市長，下一次我們駐京辦會注意的。」

穆廣說：「你給錢總安排一間房間住下，不過，這可要他自己掏錢的。公是公，私是私，一定要分明。」

傅華看了看錢總，按說市裏面的領導帶朋友到駐京辦來，往往會找這樣那樣的藉口，讓朋友也跟著免費住在海川大廈，像這種讓跟著來的朋友自己掏錢的情形，傅華還是第一次遇到。穆廣這麼一說，傅華對他有了一些好的印象。

不過，傅華擔心穆廣只是客套，便說：「穆副市長，這是我們自家的酒店，讓您的朋友自己掏錢不太好吧？」

傅華這麼說，是準備只要錢總稍稍有不願意掏錢的意思，便免費給他安排了，畢竟駐京辦這點費用還是承擔得起的，他也不想為了這麼點費用，就去得罪一個新來的副市長。

錢總似乎知道傅華心中的困惑，說：「傅主任，穆副市長就是這樣一個人，你給我安排一間好一點的就可以，費用我自己來付。」

傅華就不好再勉強了，笑著說：「那好，我馬上給你安排。」

傅華就帶著錢總和劉根去安排他們的住宿。

讓錢總住下來之後，傅華送劉根去房間，在路上問劉根：「劉秘書，你跟穆副市長時間比較長，對他的情況很瞭解，今天的晚飯怎麼安排，穆副市長都喜歡吃什麼？」

劉根笑了笑說：「傅主任，這個你就不用太費心了，穆副市長跟自家人吃飯的時候，向來很簡單，你這裏有沒有道地的手擀麵，有的話，安排幾碗過來就可以了。」

傅華詫異地說：「就這麼簡單，不會吧？」

劉根說：「穆副市長這個人很好伺候的，我不騙你，你就按照我說的去做好了。」

晚飯的時候，傅華和小劉到穆廣的房間去陪他吃飯，廚房在做了幾碗手擀麵之外，又安排了幾碟清新小菜。

休息之後的穆廣顯得很有精神，說：「其實有手擀麵就夠了，看來傅主任對我的為人還不十分的瞭解啊，怕我覺得這頓飯太過簡單了是嗎？」

傅華說：「您第一次到海川駐京辦來，我是覺得只有幾碗手擀麵招待，有些不太禮貌了。」

穆廣說：「傅主任啊，我們的好日子才過了幾天啊，手擀麵你就覺得簡單了，是不是北京這地方好東西太多了，讓你看不上這手擀麵了？」

傅華不想讓穆廣誤會駐京辦平常都是很鋪張的，便趕忙解釋說：「這倒沒有，其實平常我們吃的也就是這些最家常的飯菜。」

穆廣笑了笑：「這就對了，家常菜是最好吃的。傅主任，你不用緊張，我知道很多領導來北京，沒有山珍海味他們是會不高興的。但我不同，你以後記住這一點，我再到北京來，就給我手擀麵就夠了。這是我自小養成的習慣，小時候我家裏十分困苦，能吃上一碗媽媽做的手擀麵就算是過年了。來，我們三個看看誰吃的碗數比較多。」

三人就各捧起一碗吃了起來。

飯吃完，劉根簡單收拾了一下，給兩人泡了茶。

穆廣喝了口茶，然後問道：「傅主任，你們駐京辦現在經營的怎麼樣啊？」

穆廣這是要瞭解情況了，目前駐京辦每年從酒店餐館賺到的錢，付了貸款和利息及各項費用之後，算是略有盈餘。不過，傅華不想把真實的狀況都跟穆廣實話實說，他擔心穆廣知道駐京辦略有盈餘之後，會打這點盈餘的主意，當初秦屯不是曾經讓自己幫他處理飯錢嗎，傅華很擔心穆廣也會這麼做。

傅華便回說：「也就是維持吧，酒店的分紅加上海川風味餐館的利潤付完貸款和利息還有一些費用之外，就沒有什麼了。」

穆廣說：「那你這裏就沒什麼發展的資金了，是吧？」

傅華笑了笑，說：「駐京辦這裏畢竟不是一個完全的經營部門，能夠維持已經不錯了。」

穆廣搖了搖頭說：「那不行，駐京辦是什麼地方？這是海川在北京的門面，勉強維持怎麼能行，回頭你把貸款的情況總結一下，寫個報告給市裡，我會跟金市長商量一下，給你們解決一部分資金。」

傅華驚喜的說：「穆副市長，您說的是真的嗎？」

貸款是傅華一直很頭痛的事情，雖然駐京辦收入還可以應付過來，可有那麼一筆貸款壓在那裏總是一個心事，如果能儘快解決，傅華自然是很高興。

穆廣笑說：「你覺得我這麼大的人是跟你在開玩笑嗎？」

傅華不好意思地說：「不是，這對我來說真是意外之喜，貸款這個問題我跟市政府反映過多次了，可是市裏面總是能拖就拖，穆副市長能給我們解決，真是太好了。」

穆廣說：「又想馬兒跑得快，又想馬兒不吃草，世界上可沒這種好事。我是對你們駐京辦有所期望的，所以想給你們卸下這個包袱，卸下了這個包袱，你們也好專心為市裏面辦事。」

傅華感激地說：「還是穆副市長體恤我們的難處。」

穆廣說：「別急著拍我的馬屁，事情辦不好，我一樣狠批你們的，說說海川重機的情況吧，為什麼那個什麼利得集團除了付了購買股份的錢之外，一點實際的重組行動都沒有啊？他們想幹什麼，難道僅僅是為了製造話題，從市場上謀取暴利嗎？」

傅華呆了一下，他沒想到穆廣話題一下子就轉到了海川重機的重組工作上面去了，這起轉承合也有點太快了。

傅華從利得集團和海川市達成了海川重機的股份轉讓合同之後，就沒再跟這個案子了，他覺得自己牽線搭橋的作用已經盡到了，因此對最近一段時間重組有什麼進展並不清楚。現在穆廣提到這件事，讓他有點措手不及。

穆廣掌握的情況通常是不會錯的，傅華便說：「穆副市長，你接觸工作還真快啊，我們都有點跟不上你的進度了。」

穆廣笑笑說：「傅同志啊，現在是什麼時代了，別人都在加速，容不得我們慢騰騰的。海川重機這個情況還是金達市長跟我說的，他希望我能把這件事情處理好，我沒有別的辦法，只有來催你們了。」

傅華尷尬地說：「這件事情從簽訂合同之後，我就沒再跟進，目前的情況並不瞭解。」

穆廣凝視著傅華說：「傅主任啊，你們辦事處的包袱我都幫你考慮了，是不是也麻煩你能夠多替市裏面想一想啊，海川重機的事，市裏面可是很急的，如果耽擱下去，不但海川重機這個上市公司的殼保不住，海川重機的經營也會陷入困境之中，市裏面可是不敢拖啊。」

傅華點了點頭，說：「回頭我馬上跟利得集團和頂峰證券方面聯繫，瞭解一下進展情況。」

穆廣加重語氣說：「這個可一定要抓緊啊。」

傅華說：「我會抓緊的。」

穆廣看了看傅華，笑笑說：「傅主任，是不是覺得我這個副市長一上來就逼得你很緊啊？」

傅華老實地說：「是有一點，我沒想到穆副市長做事這麼雷厲風行，這麼一會兒工夫，我後背上的汗都下來了。」

穆廣笑說：「傅主任，我不知道你怎麼樣，我是從基層一步一個腳印幹起來的，每件事情我都力求做到最好。也正是這種求好心切的心情，讓我做什麼事情都很急迫，還希望傅主任能夠諒解我。」

傅華說：「我能體會到穆副市長的心情，一定會配合好您的工作的。」

穆廣搖搖頭，說：「你錯了，這工作不是我的，而是我們共同的，希望我們共同合作，做好這件事情。」

傅華點點頭說：「我知道，我明天就去頂峰證券詢問一下情況。」

穆廣說：「明天暫且不要安排了，我明天約見了幾個部委的領導，都是我在做縣委書記時結交的朋友，你跟著一起見一見，回頭也好跟他們多熟悉熟悉，方便以後聯繫工作。」

聽說穆廣要約見幾個部委的領導，傅華問說：「那穆副市長，要給部委領導們準備什麼禮物嗎？」

按照傅華跟部委領導打交道的經驗，一般都是要準備禮物的，這些部委領導們既好伺候，又不好伺候，關鍵是禮物要送的對路，送了對路的禮物，不一定很貴重，但對方一樣會很喜歡；如果送的不對，就算貴重，對方也不覺得什麼，反而會覺得討嫌。

這些部委領導是穆廣的朋友，傅華相信穆廣肯定熟知他們的嗜好，因此才事先問穆廣要準備什麼禮物。

穆廣說：「這個你就不用管了，禮物我都給他們準備好了。」

傅華笑笑說：「穆副市長考慮事情這麼周全，我們這些做屬下的，工作起來真是輕鬆多了。」

傅華跟穆廣又閒聊了一會兒，就告辭離開了。

回到了家裏，傅華還在琢磨穆廣這個人，穆廣這次到北京來，展現出來的是超出傅華意料之中的好，不管是能力還是品格，特別是穆廣強調他出身貧苦，更是在傅華心中喚起了一定程度的共鳴。

貧苦子弟大多都希望能抓住機會脫離原來的階層，因此往往付出了比常人加倍的努力。傅華在求學期間的心情跟穆廣所說的情形是一樣的，他也是付出比一般同學多得多的努力，才能夠考上一流大學，那時候心中所想的，只是如何躋身精英階層，以改變命運，脫貧脫困。

但是傅華並沒有因為這點，就馬上將穆廣定位為一個好的官員，他只是覺得這是一個很會籠絡下屬的官員，有這樣一位領導，他感覺今後的工作會很好做的。

這時手機響了起來，傅華一看，是金達的號碼，趕忙接通了，說：「金市長，你找我有什麼指示？」

金達說：「在哪裡啊？」

「在家呢。」傅華回說。

「見到了穆副市長了嗎？」金達問。

傅華說：「見到了，他今天下午到北京，我剛陪他吃了晚飯。」

金達說：「怎麼樣，你對他是一個什麼感覺？」

傅華笑說：「他是領導，我就不好去評論了吧？」

金達說：「怎麼，你在我面前還需要這麼虛偽嗎？傅華，我是想聽聽你的意見，今後很長時間我和穆廣將會共事，我需要對他有一個客觀的定位。」

傅華想了想說：「我也談不上什麼很深的認識，只是感覺他有一種出人意料之外的好。」

金達笑了，說：「出人意料之外的好，這話說得到位，你跟我對他的認識基本上是一致的，我也是感覺他表現出來的好有點過分了。」

傅華笑笑說：「可能是現在這種幹部很少的緣故吧，我們就感覺很稀奇。其實我們內心深處都希望現在的官員能像穆廣表現出的這樣，那樣的話，工作就好做多了。」

金達說：「這種好都有些不真實了，你覺得會不會是『周公恐懼流言日，王莽謙恭未篡時。向使當初身便死，一生真偽復誰知』？」

金達說的這段話，出自白居易的《放言》，「贈君一法決狐疑，不用鑽龜與祝蓍。試玉要燒三日滿，辨材須待七年期。周公恐懼流言日，王莽謙恭未篡時。向使當初身便死，一生真偽復誰知？」意思是穆廣究竟是好是壞，還有待觀察。

傅華說：「我也是這種感覺，不過我內心是很希望他能表裏如一的。但不管怎麼說，他是一個很有能力的官員，處事幹練精明，剛才飯後簡單談了一會兒工作，就弄得我後背都流汗了。」

金達笑說：「這麼有本事？把我們一向很有辦法的傅主任都弄得流汗了。說給我聽聽，究竟是怎麼回事啊？」

傅華就講了穆廣追問利得集團重組海川重機的情形。

金達聽完，說：「這件事情我也很著急，那個頂峰證券和利得集團究竟是怎麼回事啊？」

傅華說：「你們不愧都是領導，談起工作來，你們的立場馬上就一致了。」

金達笑了笑說：「傅華，我知道這件事延宕下來責任並不在你，市裏面最近忙選舉，忙領導班子更替，沒有太多精力放在這方面。不過你身在北京，是督促這件事情最方便的人選。這件事情又確實很急，穆副市長倒是一上來就抓住了問題的重心。」

傅華說：「好啦，我又沒說不管，我原本準備明天就去頂峰證券的，可是明天要陪同穆副市長見幾個部委的領導，後天一定去聯繫這件事情就是了。」

金達笑笑說：「一定要抓緊啊。」

第二天一早，穆廣起來就到駐京辦四處轉了轉，跟工作人員座談，徵詢大家對駐京辦改進的建議。座談很簡短，但是穆廣仍然表現得很重視，對每一個工作人員都很友善。

十點鐘的時候，穆廣約見的第一位部委領導到了，跟傅華介紹說是農業部的一位姓孫的處長。

孫處長上來就搥了穆廣一下，笑著說：「老穆啊，你可是高升了，今天一定請客啊。」

孫處長跟穆廣表現的這麼親密，一看就知道二人的關係很深。

穆廣笑笑說：「請客可以，不過兄弟我新到海川市，孫處長你不會一點表示都沒有吧？怎麼也要支持我一下吧？」

孫處長說：「我就知道你這傢伙叫我來沒安好心，不就是想要資金嗎？可以啊，農業部的資金有的是，就看你老穆有沒有能力拿走了。」

穆廣說：「孫處長要考我了，我的能力從哪裡來的，還不都是孫處長你們的大力支持嗎？」

孫處長笑笑說：「算你這傢伙會說話，行，你新到一個地方，是需要一些支持，我會幫你想辦法批一點資金的，就算我對你的支持了。」

穆廣立刻說：「謝謝，能批多少啊？」

孫處長說：「能批多少，就要看你待會兒在酒桌上的誠意有多足了。」

穆廣呵呵笑了起來，說：「放心，我的誠意可是十足的。」

中午穆廣一改在房間裏吃手擀麵的簡樸作風，在「主席台」訂了一個房間，傅華是最近跟談紅一起去過「主席台」，才知道京城有這麼一家頂級的豪華餐廳，沒想到穆廣竟然早就知道了。

傅華知道這頓的消費不會低了，這不同於他與談紅兩人吃飯，他們兩人吃飯可以各憑口味點菜，而請農業部的領導，又是為了跑資金，穆廣肯定會盡著最好的來點，因此在陪同他們出發之前，傅華特意帶上了銀行卡。

孫處長又約了幾位農業部的處長之類的同事，加上傅華、穆廣、劉根三人湊成九個人，就去了「主席台」，要了一個大包間。

穆廣果然全點了一些招牌菜，這裏的菜貴得令人咋舌，傅華暗自慶幸有帶了卡來。

這一次不同於秦屯那一次，穆廣這是為了工作而消費，他招待的越好，能夠給海川帶來的資金可能就越多，因此傅華倒是很情願結這筆帳的。

席間的第一個題目就是穆廣的高升，孫處長等人向他表示了祝賀，穆廣高興地說：「謝謝各位了，兄弟之所以能在仕途上有些寸進，全賴各位給我的大力支持。所以我在這裏誠心誠意感謝各位啦。」

這話說得討巧，讓孫處長等人聽了心裏十分舒服。

穆廣就以感謝的名義先領了第一杯酒，他喝得十分爽快，一口就將三兩三的白酒給乾掉了，孫處長等人也不含糊，跟著也乾掉了。

白酒下肚，酒桌上的氣氛就放開了，彼此之間你來我往敬起酒來了。

酒至半酣，穆廣問起孫處長這一次能批多少資金下來，他說自己這是新到海川市，資金如果少了，這支持力度可不夠啊。

孫處長笑笑說：「我說了，這多少要看你的誠意，你把你的誠意展現給我看，我會給你相應的資金的。」

穆廣說：「那孫處長你說，這個誠意要我如何展現？」

孫處長想了想說：「這樣吧，你喝酒，一杯白酒五百萬，怎麼樣，敢來嗎？」

「這可是你說的，我有什麼不敢的，」穆廣說著，讓服務員把三兩三的酒杯在面前擺了十隻，看了看孫處長，說：「我喝了你可別反悔啊？」

孫處長笑著說：「誰反悔誰是孫子。」

傅華感覺頭皮有點發麻，他和部門的領導們不是沒打過交道，但他打交道用的都是打打高爾夫、喝喝茶之類的，像穆廣這種山野草莽用的拼酒的路數還真是沒用過。

他粗略算了一下，剛才穆廣實際上已經喝了五杯左右的白酒，算起來，他肚子裏已經有一斤半以上的白酒了，如果再喝，不用多，再來五杯的話，他就喝掉三斤多白酒，這已經是驚人的酒量了。更何況看這架勢，他並不打算五杯就停下來。

穆廣對著服務小姐叫道：「給我都滿上。」

服務員驚訝地看著穆廣，說：「先生，您是說十個杯子都滿上嗎？」

穆廣說：「對啊，要不然我讓你擺十個杯子幹什麼？」

服務員吐了一下舌頭，她不敢違抗客人的吩咐，就開始往杯子裏倒酒。

孫處長這時看了看傅華和劉根，笑著說：「老穆啊，醜話先說在前頭，酒得一個人喝，如果你這些部下出來替你，那我們的約定就不算了。」

穆廣說：「孫處長，你這是看不起兄弟啊，我什麼時候說過要他們替我了？傅主任、小劉，我可跟你們說，不准替我啊，別讓人看不起我們這些東海漢子。」

傅華擔心的說：「穆副市長，這酒能這麼喝嗎？」

穆廣笑了起來，說：「放心啦，我心中有數。」

說著，穆廣就抓起酒杯，不歇氣接連乾掉了三杯。酒桌上的氣氛都凝結了，大家都屏住呼吸，看穆廣能喝多少。

三杯喝完之後，孫處長笑笑說：「老穆，別喝得太急了，先吃點菜墊補一下。」

穆廣笑了笑，說：「不用，我還急著賺你的這筆錢呢。」說完，又接連抓起三杯，都是一口見底。

這已經喝了六杯了，當穆廣伸手去抓第七杯的時候，孫處長伸手壓住了穆廣，說：「我真服了你，老穆，這第七杯不能喝了。」

穆廣這個時候還能笑得出來，他笑著說：「我沒事，這一杯五百萬的好事我可不想放過。」

孫處長笑說：「真的不要喝了，你就是再喝，我也批不出那麼多錢了。」

原來孫處長的許可權是三千萬，穆廣就是再喝，他還真的拿不出來錢了。

穆廣笑了笑，說：「那好，這六杯酒的錢你可一定要批給我。」

孫處長說：「放心，我還不想當孫子呢。」

於是，剩下的四杯酒就分了讓穆廣做結尾。

傅華一直觀察著穆廣的臉色和神態，這頓酒席，穆廣已經喝了將近四斤的白酒，他很害怕穆廣會喝醉而失態。幸好穆廣除了臉微微紅了一點之外，並沒有什麼失態的跡象，傅華心中也不得不佩服他的酒量。

第二章

引蛇出洞

傳華心中十分惱火，潘濤竟然敢設局害他，真是不夠朋友。
傳華強壓住心頭怒火，他想繼續引蛇出洞，
從談紅口中套出利得集團和頂峰證券究竟想要海川市政府做什麼，
便笑了笑說：「那你們想我們海川市政府怎麼配合？」

宴會已近尾聲，傅華把銀行卡遞給服務小姐，說：「小姐，結帳。」

穆廣不高興的看了傅華一眼，說：「傅主任，你幹什麼，我什麼時候說過要你們駐京辦買單了。你把卡收起來，讓小劉結。」

傅華被說得不好意思了，他沒想到穆廣根本就沒想給駐京辦添麻煩，只好訕笑著把銀行卡收了起來。劉根就把帳結了。

酒宴結束，穆廣把孫處長送上了車，跟孫處長約定，會儘快把資金請批報告送過去，就放孫處長一行人離開了。

穆廣看孫處長離開了，趕緊上了車，說：「快點，快回駐京辦。」司機就趕忙將穆廣和傅華等人送回海川大廈。

穆廣一下車就匆忙回房間，傅華以為他還有什麼緊急公務要處理，也跟進了房間，沒想到穆廣一進房間就衝進了洗手間，打開馬桶蓋，抱著馬桶就狂吐起來。

傅華尷尬起來，他沒想到會是這樣一個場面。傅華也不敢離開，他擔心穆廣吐著吐著會有什麼意外，只好站在穆廣身後，不時幫他拍打一下後背。

吐了一會兒，穆廣似乎把肚子裏的酸水都吐了出來，才停了下來。可能是酒勁上來了，他坐在洗手間的地上，後背靠著浴盆，呵呵笑了起來。

這個場面詭異得很，洗手間裏充滿了嘔吐物酸腐的臭味，穆廣臉上又是眼淚又是鼻涕的，一片狼藉。

傅華趕緊去扶穆廣，說：「穆副市長，你先起來洗把臉，清涼一下。」

穆廣笑了笑說：「你讓我先坐一會兒，我身上一點力氣都沒有了。」

傅華把毛巾洗了一下，遞給穆廣，讓穆廣擦把臉，又把馬桶的嘔吐物沖掉，那股難聞的氣味總算輕了些。

傅華苦笑著說：「穆副市長，你這又是何苦呢？喝這麼多酒可是很傷身的。」

穆廣笑說：「傅主任，三千萬呢，你不覺得很值得嗎？」

傅華說：「可是這樣子，你的身體受不了的。」

穆廣說：「傅主任，你是不瞭解我啊，你覺得我今天喝的算很多了，是吧？其實呢，我這次還在能承受的範圍之內，我曾經真的一下子喝過十杯。」

傅華驚訝的說：「原來您今天還真準備喝掉那十杯酒啊？」

穆廣說：「你以為我是嚇唬孫處長呢？我是真的要喝。哎，你不懂的，像我們這些出身貧苦，沒背景的人，要怎樣才能在這競爭激烈的仕途上闖出一番局面來？還不就是因為我們敢拼嗎？別人不敢的，我敢。像我在原來的那個縣，什麼資源都沒有，怎樣才能把經濟搞上去啊，還不是我找省裏，找部委，一家一家的去跑，跟他們拼酒，一個一個項目的跑下來，這才有了很大的起色的。」

說到這裏，穆廣看了看傅華，說：「這一點上，你比我幸運，你讀了一所名校，又做了副市長的秘書，起點就比我高很多。更幸運的是，你還跟對了人，這個副市長後來還做了市長。在官場上，跟對了人就跟投對了胎一樣。你投在了豪門，這一輩子吃喝不愁；你投在了木門，什麼都得靠自己。」

傅華說：「我並沒有去靠曲煒市長什麼，我能坐穩今天這個位置，也是費了很多的心血。」

穆廣呵呵笑說來：「你現在是什麼級別？」

傅華說：「副處。」

穆廣笑笑說：「你基本上都是在曲煒市長身邊做秘書是吧？可我做到副處都做了哪些努力你知道嗎？我從基層一步一步幹起來，每一步都要付出比別人更多的努力。我做到副處用了十五年。我的字典裏沒有什麼幸運這兩個字。」

傅華說：「這可很難說，多少人奮鬥了一輩子，都還只是一個辦事員呢。」

穆廣笑了起來：「說的也是啊，我比他們可是強的太多了。」

傅華說：「我扶你起來吧，地上涼，對身體不好。」

穆廣就伸出手，傅華將他扶到了床上，說：「您好好休息吧，我先回去了。」

穆廣說：「行，你也早點回去吧。」

傅華知道醉後的人很容易出意外，就特別囑咐劉根要多看顧穆廣一下，然後就準備離開。

穆廣在背後說：「誒，傅主任，我今天這副醉相你知道就好，可不要跟別人說啊。畢竟這有些不雅，傳出去影響形象。」

傅華笑笑說：「放心，我會保密的。對了，穆副市長，今天的餐費還是放在駐京辦報銷了吧，您這也是為了工作，駐京辦能夠處理。」

穆廣說：「傅主任，這就不用了，以後你瞭解我之後，就會知道我對這種事，向來是不給下面添麻煩的。」

傅華說：「那好，您休息，我回去了。」

傅華回到家中，趕緊先去洗了澡，這才進了臥室。

趙婷還沒睡，躺在床上看書，傅華體貼地說：「小婷，怎麼不早點休息啊，這麼看書會傷到眼睛的。」

趙婷皺了一下眉頭，說：「你怎麼才回來啊？又喝酒了？」

說著，趙婷乾嘔了幾聲，傅華知道現在正是趙婷妊娠反應最厲害的時候，陪笑著說：「副市長來了，我避不開。我已經先去洗過澡了，看來還是有味道，今晚我睡客房吧。」

趙婷說：「不行，我要你陪著我，我自己在家這一天好無聊啊。好了，我現在多少可以適應你的酒味了。」

傅華說：「你別老悶在家裏，出去找你的姐妹們聊天逛街啊。」

趙婷搖頭說：「我現在這麼醜，你要我怎麼見人啊？」

傅華笑了，說：「誰說你醜了？你還是那麼漂亮啊。」

趙婷說：「胡說，肚子裏有了孩子之後，我覺得我現在變化好大啊，人也胖了很多，再也不是原來苗條自信的趙婷了。」

傅華忙說：「小婷，你現在肚子還沒有那麼明顯好不好？你還是我漂亮的老婆啊。」

趙婷拉著傅華的手，說：「老公啊，我真的很擔心，你說，我肚子大起來會不會越發難看啊？都是你啦，害我變成這個樣子。」

傅華笑說：「這是一個女人必然要走的人生歷程啊，放心啦，做母親的女人才是最美麗的。」說著，把耳朵貼到了趙婷柔軟的肚皮上。

趙婷伸手輕柔的摸著傅華的頭髮，說：「老公，你聽到什麼了？」

傅華笑笑說：「除了你肚子裏嘰裏咕嚕的叫聲，別的什麼都聽不到，可能兒子睡著了吧。」

趙婷扭了一下傅華的耳朵，笑罵道：「去你的，就會來笑話我。你給我再認真聽一下，聽聽我們的兒子在做什麼？」

傅華就又貼了上去，聽了一會兒，還是沒聽到胎兒的動靜。

趙婷這時又說：「老公，爸爸說移民的事情辦得差不多了，再一個多月我就要到澳洲去住了。」

傅華驚訝的說：「這麼快啊？」

趙婷說：「當然了，那個大使館的移民官員說，像爸爸這樣創辦知名企業的人才是澳洲最缺乏的，他們十分歡迎像我們這樣的家庭移民到他們的國家去。因此辦起來就很順利。」

傅華心中有些落寞，他並不嚮往這一天的到來，而這一天這麼快就要到了。

趙婷又說：「老公啊，你也早點辭了駐京辦的工作，到澳洲來陪我吧，沒有你在我身邊，我都不知道該怎麼過啊。」

傅華笑笑說：「爸爸和媽媽不是也會跟你一起過去嗎？他們會把你照顧得很好的。」

趙婷不高興地說：「爸爸媽媽和老公是一回事嗎？你不想陪著你兒子在澳洲生活嗎？我看你就是捨不得那個駐京辦主任的位置。芝麻點大的官，你那麼在乎幹什麼？」

傅華陪笑著說：「好啦，別生氣了，對肚子裡的孩子不好。我答應你，兒子出生之後，我會儘快過去的。」

趙婷不滿地說：「為什麼非要等兒子出世，現在不行嗎？這還有什麼差別嗎？」

傅華說：「你也知道，我這些年都在給政府做事，除了這個，我可以說沒有其他的經驗。到了澳洲，一切都要從頭開始，你就給我一點心理上的適應時間吧。」

趙婷不解地說：「你不用從頭開始，爸爸在那裏投資辦了一家公司，你可以接過來管理啊。你如果覺得跟爸爸不好開口，我來跟他說。」

傅華為難地說：「不是的，小婷，我不想什麼都去靠爸爸。」

趙婷氣說：「說到底你還是不想去澳洲，你究竟在乎駐京辦那個地方什麼？在你心目中，是我重要還是駐京辦重要？」

傅華說：「當然是你重要了，可是，如果一個男人沒有一點事業，什麼都要靠老婆，那這個男人還有脊梁嗎？」

趙婷看了看傅華，她是瞭解這個男人的，雖然她的家族算是豪富，可是傅華從來沒有想過要去依靠她的家族。這一點曾經讓她覺得傅華很有魅力，可是當他們成了夫妻，成了風雨與共的伴侶之後，她又覺得這一點成了他們之間感情的障礙。

趙婷哀怨的說：「還不是你那臭自尊心在作怪。」

話雖這樣說，可這是這個男人做人的基本原則，趙婷也知道無法改變，也就不再說什麼。

第二天，穆廣又接待了一個財政部的姓李的處長，幾乎又把招待農業部孫處長的戲碼重演了一遍。傅華已經見識過一次，也就對穆廣的行徑見怪不怪了。

第三天，穆廣說要跟錢總去辦些事情，讓傅華不用管他了，可以去查辦一下海川重機的事情。傅華這才騰出時間打電話給頂峰證券的談紅，問談紅有沒有時間可以見一下面。

談紅遲疑了一下，說：「行啊，你來吧。」

傅華就趕去了頂峰證券，談紅接待了他，笑說：「傅主任，找我有什麼事情？」

傅華說：「也沒什麼，就是來問問海川重機重組的事情。」

談紅說：「重組進行的一切順利啊，有什麼問題嗎？」

傅華說：「那為什麼利得集團還沒有什麼實際的重組行動呢？」

談紅笑笑說：「傅主任，你們也太急了吧？什麼都要一步一步來的，重組也有步驟的，不能一蹴而就。」

傅華看了看談紅，說：「談經理，你別來糊弄我了，什麼是步驟，什麼是拖延，我還分得清楚。你要知道，海川重機已經虧損兩年了，剩下不到一年的時間你想扭虧為盈，可不是一件容易的事，所以你們和利得集團最好是抓緊時間，否則海川重機如果不能按期扭虧而被退市，你們和利得集團會得不償失的。」

談紅好整以暇的說：「傅主任，我是頂峰證券的業務經理，在證券這方面的知識比你多吧？你都懂得的事情，我會不懂得嗎？」

傅華說：「既然你懂，為什麼不抓緊處理呢？」

談紅瞪了傅華一眼，說：「我不是剛跟你講了嗎？這是有步驟的。」

傅華覺得談紅是在敷衍自己，不高興地說：「你們潘總在嗎？」

談紅冰雪聰明，聽傅華問起潘濤，笑說：「傅主任，你不會是想找潘總告我的狀吧？」

傅華說：「我倒沒告你狀的意思，可是我看不慣你們這種做事慢吞吞的作風，這件事我當初是拜託過潘總的，我想找他問清楚，你們究竟是怎麼個打算。」

談紅說：「潘總今天不在，他去深圳了，你找他找不到的。不過，就算你今天找到了他，他跟我的回答也是一樣的。重組上市公司是一件大事，慢慢來就是為了防止中間出現什麼問題，我再強調一次，這就是步驟，亂了步驟，就是亂了陣腳，到時候，怕是欲速則不達啊。」

傅華不相信潘濤不在公司，問說：「潘總真不在公司？他去深圳幹什麼？」

談紅笑了，說：「我騙你幹什麼？要不我找人打開他的辦公室給你看看？至於他去深圳幹什麼，他是我的老闆，工作行程不需要跟我彙報，所以我也不清楚。」

傅華嘆了口氣，說：「本來想好好搞一次重組，對各方都有利的事情，誰知道拖拖拉拉這麼長時間還沒辦成。你們和利得集團肯定從市場上賺翻了吧？」

談紅說：「我們賺了點錢是真的，這我不否認，一開始我們也跟你講了，之所以操作重組，目的之一就是為了賺錢。不過，你也別以為我們賺了很多，遠還沒有達到利得集團出資購買股份的資金額度，所以我們不可能放棄重組的。傅主任，你一向是個很沉得住氣的人，今天這是怎麼了，什麼事情把你急成這個樣子了？再說，你們駐京辦只不過起了一個牽線搭橋的作用，具體操作重組應該不是還由你來管吧？你操那麼多心幹什麼？」

傅華來頂峰證券本是受了穆廣的催促，但這幾天他看到穆廣為了工作可以連身體都豁出去力拼，心中不免有些羞愧。穆廣的行為也激勵了他，他就很想在海川重機重組這件事上做出點成績來給穆廣看。

傅華說：「可是我們海川市政府很著急這件事情啊。」

談紅笑說：「是不是哪位領導給你壓力了？」

傅華點點頭，說：「一位新上任的副市長來北京，催起了這件事情。」

談紅說：「原來是這樣啊，我說呢，傅主任怎麼突然像火燒了一樣著急。」

傅華知道談紅這是在譏諷自己，也懶得跟她去計較，他知道今天恐怕很難得到一個滿意的答覆了，便說：「既然你們還需要再等，那我就先回去了。」

談紅笑笑說：「你急什麼啊，別走，我請你吃飯。」

傅華說：「算了吧，你又要到那種很高級的場合去，好吃是好吃，可是那麼貴，我感覺好像是在吃錢一樣，我還是不去浪費你們公司的錢了。」

談紅聽了，笑說：「那是在吃品味好不好？」

傅華說：「我沒那麼高的品味，能填飽肚子就行了。」

談紅討好地說：「好啦，那我請你吃惠而不費的好嗎？」

傅華看了看時間，說：「離中午還早，還是算了，下次吧。」

談紅說：「你中午有事情安排嗎？」

傅華搖搖頭，說：「沒有。」

談紅說：「那就別走，我有事情跟你說。」

「既然有事，現在就說不行嗎？」傅華說。

「我馬上就有一個約會，沒時間了，我要跟你說的事，一兩句話說不完的。」談紅解釋。

傅華想了想說：「那好吧，我等你。」

談紅就把傅華安排在接待室，自己匆匆離開，去赴她的約會去了。臨近中午，談紅匆忙趕了回來，看到傅華笑著說：「走走，我帶你去吃湘菜。」

傅華問：「去哪裡？」

談紅笑了，說：「我吃的肯定是最好的，當然是去北京第一湘菜館『曲園酒樓』了。」

「曲園酒樓」是北京一間老字號的餐廳，據說光緒年間就有了這家酒樓。特別的是，曲園酒樓出名並不是在北京，它原來在長沙就是名噪一時的飯店，後來到北京來經營。不知道是不是因為毛澤東是湖南人，喜歡吃湘菜的緣故。曲園酒樓搬到北京之後，毛澤東經常在這裏宴客，還曾在這裡席開十五桌宴請授銜的將帥們，稱讚這是道地的家鄉味，曲園酒樓由此成為北京第一的湘菜館。

傅華笑說：「談經理，我覺得你可能真是入錯了行業。」

談紅笑了笑說：「怎麼了？」

傅華說：「你大概吃遍京城美食了，什麼地方有什麼好吃的都知道，我想，你如果做一個專業的美食導覽家，肯定會大有前途的。」

談紅聽了，也不禁莞爾。

兩人就去了曲園酒樓，談紅點了子龍脫袍、東安子雞、酸辣肚尖、剁椒魚頭等招牌菜。

菜上來之後，談紅就開始介紹起這些菜的來歷，像子龍脫袍，是一道以鱔魚為主料的傳統湘菜。因為鱔魚在製作過程中需經過破魚、剔骨、去頭、脫皮等工序，特別是鱔魚脫皮，形似古代武將脫袍，所以取名為子龍脫袍。

而子龍就是三國時期的蜀國名將趙雲。相傳，曹操率軍南征荊州，劉備為保百姓帶領軍民前往江陵，命張飛斷後，趙雲保護家小。行至當陽，被曹軍趕上，趙雲在混戰中與劉備家小失散，身邊僅三四十騎相隨，趙雲在亂軍中到處尋覓，先找到甘夫人送至長阪橋，又折回繼續尋找糜夫人與阿斗。最後，趙雲終於找到了阿斗，解開戰袍將阿斗放在懷中，重新上馬，殺開一條血路，終於衝出重圍，將阿斗交還到劉備手中。

湘楚名廚為了表示對趙雲的欽敬，因而創製了「子龍脫袍」這道菜，以鱔魚寓子龍之意。

傅華大致上已經瞭解各個菜色的來歷，聽起來就沒什麼趣味，便打斷了她的介紹，說：「談經理，你留我下來吃飯，不是說有事要跟我說嗎？什麼事啊？」

談紅賣關子說：「不急，我們先填肚子要緊。」

傅華說：「談經理，我們認識也不是一天兩天了，彼此也算了解了一點，你有話直說好嗎？」

談紅看了看傅華：「傅主任，既然你說我們彼此瞭解，那你就應該知道，我做某些事情純粹是出於一種公事公辦的立場，不是刻意去針對你的，也不是刻意去隱瞞什麼。這個你能理解吧？」

傅華說：「我很欣賞談經理的專業精神，我們打交道是一種商業交易，就是要秉持著專業的精神去做。這個我可以理解，你就說是什麼事情吧。」

談紅說：「謝謝你能理解我，現在像傅主任這樣能夠諒解別人的人真是很少了。」

傅華笑說：「別給我戴高帽子了，你這麼說，怎麼讓我有一種不祥的感覺，你是不是設下了什麼圈套讓我們鑽啊？」

談紅笑了，說：「看傅主任說得，我再壞也不會設下什麼圈套讓你鑽啊。我們認識的時間雖然很短，可我也是當傅主任是好朋友來對待的，我從來不欺騙朋友的。」

傅華越發感覺不好，對談紅說：「可曾經有人警告過我，越是漂亮的女人越是不可信。談經理，你鋪墊了這麼多，應該可以了吧？是不是海川重機重組的事情出了什麼問題？」

談紅看傅華有些急了，就說：「傅主任，那我跟你說了。海川重機的重組是出了一點問題，不過你也別急，問題很好解決。」

傅華說：「我說你們怎麼遲遲不肯有下一步的動作，原來根本上就是有問題的，你們怎麼能這樣呢？我今天如果不過來，你們是不是還打算繼續拖延下去啊？不行，我要找你們潘總，你們這麼做事，顯得潘總很不夠朋友啊。」

說著，傅華摸出了手機，就要撥電話給潘濤。

談紅見傅華要找潘濤，也有些著急，伸手就去壓住了傅華的手，不讓他打電話，說：「傅主任，你這麼急幹什麼，我還沒說是什麼問題呢，你連出了什麼問題都不知道，找我們潘總，你要跟他怎麼說？」

傅華看著談紅，說：「那你說，究竟是出了什麼問題？」

談紅說：「首先聲明啊，這個問題不是我們頂峰證券和利得集團故意製造出來的，利得集團買你們的股份可也是真金白銀拿出來的，我們頂峰證券也做了很多前期的工作，投入也很大，重組不成功的話，我們也有損失。」

傅華有些煩躁的說：「好啦，你就開門見山吧，究竟出了什麼問題？」

談紅解釋說：「是這樣的，原本不是說利得集團要將他們高科技的業務置於海川重機之中嗎？現在我們發現出現了一點差錯，原本利得集團評估它們的高科技產品會給海川重機帶來豐厚的利潤，這樣的話，會使海川重機扭虧為盈，可是現在情況發生了很大的變化，市場上突然出現了這個產品大量的仿冒品，利得集團的專利被侵權了，使得市場份額急劇下滑，根據估計，就算現在將這種產品置於海川重機之中，怕也是很難給海川重機帶來豐厚的利潤。」

傅華看著談紅，有點不敢置信的問：「你說的這些都是真的嗎？我們達成重組協議才多長時間啊，怎麼這麼短的時間內就會出現這種情況啊？」

談紅說：「當然是真的啦，現在市場形勢瞬息萬變，什麼情況都可能發生的。之所以出現這種情況，是利得集團一個負責研發的副總跳槽到了別的企業，將這個專利技術帶到了新的公司去了。」

傅華搖搖頭說：「我不相信，你說的這些有證據嗎？」

談紅說：「當然有了，利得集團正在搜集有關證據，準備打官司控告這個副總和他跳槽的那家公司，我這裏有一份調查報告。」

說著，談紅從手提包裏拿出了一份文件，遞給傅華，說：「這是市場部門今天剛收到的利得集團傳真過來的調查報告，你看一下。」

傅華翻看了一下，情況大致跟談紅說的相符，再看了看傳真上面顯示的日期，確實是今天，看來這份文件不是假的。

隨即傅華心中就起了一團疑雲。這份報告顯然不是一下子就能做出來的，看來利得集團和頂峰證券是準備很久了，他們既然早就有這份報告，為什麼偏偏要等到現在才拿出來，這個時間點也太巧合了吧？如果是他們炮製出來的，那他們炮製這份報告的目的究竟是什麼？

傅華不想馬上就點破這一點，他想順著談紅的意思往下談，看看談紅拿出這份報告的真實意圖是什麼。

傅華便問談紅：「談經理，既然這樣，那你們打算怎麼辦？現在離海川重機退市的日子可不遠了，如果海川重機退市，那將是我們三家皆輸的局面。」

談紅以為傅華已經接受報告上的說法了，笑了笑說：「你這個態度就對了，問題現在確實產生了，不過，也不是沒有解決的辦法。」

「哦，那要怎麼解決呢？」傅華不解地說。

談紅說：「解決是要靠大家通力合作的，特別是需要你們海川市政府的大力配合。」

傅華便明白利得集團和頂峰證券做出那份侵權報告，目的就是為了這句「需要海川市政府大力配合」上，他越來越覺得這像是一個圈套，似乎頂峰證券和利得集團設這個圈套就是把海川市政府逼迫到某種境況之中，然後讓海川市政府不得不接受他們的安排。

傅華心中十分惱火，潘濤竟然敢設局害他，真是商人重利輕義，不夠朋友。

傅華強壓住心頭怒火，他想繼續引蛇出洞，從談紅口中套出利得集團和頂峰證券究竟想要海川市政府做什麼，便笑了笑說：「那你們想我們海川市政府怎麼配合？」

談紅說：「其實很簡單，海川重機今年只要實現盈利，就可以避免退市的風險，而要實現盈利的辦法很多，並不一定非要做某種太大的動作。」

傅華說：「你就直說要讓我們市政府做什麼吧。」

談紅說：「傅主任果然爽快！那我說了，只要海川市政府免除掉海川重機一部分的稅收，或者給予海川重機一定程度的財政補貼，海川重機的經營成本馬上就會大大降低，到時候不就可以實現盈利了嗎？」

傅華笑了，說：「那這筆補貼或者減免稅收的錢誰來出啊？如果是海川市政府來出，那海川重機重組我們自己解決算了，又何必找什麼利得集團和頂峰證券呢？」

談紅笑著說：「海川市政府不是收到了利得集團購買股份的錢了嗎？我想這筆錢用來避免海川重機退市綽綽有餘。」

至此，傅華大致明白了利得集團和頂峰證券操作海川重機重組的大體思路。不錯，利得集團一開始是真金白銀的拿出了購買股份的錢，可這筆錢大致上可以視為取信於海川市政府的誘餌，只有拿出了這筆錢，海川市政府才會相信利得集團是真的要重組海川重機。但利得集團卻不會真的費心思把海川重機變成一個盈利的公司，他們只是把它視為一個可以操作的有利可圖的工具，甚至不想自己出錢避免海川重機退市，他們想利用海川市政府愛面子、不想讓地方上的上市公司退市的心理，逼迫海川市政府掏這筆避免退市的錢。

那個什麼高科技產品可能也只是一個幌子而已，這個幌子不過是為了讓海川市政府相信，利得集團是有能力拯救海川重機的。

這幫傢伙真是卑鄙啊，傅華很想臭罵談紅一頓，不過他也知道，談紅不過是潘濤派在陣前衝鋒陷陣的小卒子而已，就算痛罵她一頓也改變不了什麼。要找，就要找躲著不見面的潘濤。

這個潘濤真是混蛋，竟然敢耍弄自己，自己可不是任人玩弄的。

傅華便沒有了跟談紅談下去的興致，他看了看談紅，說：「談經理，這頓飯誰買單？」

談紅愣了一下，她沒想到自己說了半天，傅華對這件事完全是一副不置可否的態度，她所有的意圖都暴露在傅華面前，可是傅華的態度她卻根本摸不著。

談紅知道自己上了傅華引蛇出洞的當，乾笑了一下，說：「當然是我買單了，怎麼，你急著要走？」

傅華笑著說：「是啊，飯我已經吃飽了，既然談經理這麼好心要買單，那我就先告辭了。」

談紅尷尬地說：「傅主任，事情不能這麼辦吧？我跟你說了這麼多，你起碼給我一個回應才對吧？」

傅華笑了，說：「談經理，我覺得這件事情我跟你說不著，想要回應是吧？你叫潘濤來跟我談。」

傅華雖然是笑著說這句話，可語氣中已經顯出很不高興了，她苦笑了一下，說：「傅主任，你應該明白，我說的就是公司的意見，就是找潘總來，他也是這麼說。」

傅華冷冷的看了看談紅，說：「談經理是說，這個條件我們非接受不可了？」

談紅說：「我是覺得你們選擇的餘地不大。」

傅華搖搖頭說：「我還真不覺得，大不了大家一拍兩散。」

談紅看了看傅華，說：「傅主任，你想選擇兩敗俱傷的做法？我勸你還是理智一點，這對你們市裏也是很不利的，我不相信你們市領導會選擇這種方案。」

傅華也知道像金達和穆廣這種務實的領導，是不會為了一腔氣憤就選擇兩敗俱傷的方案，但是他覺得起碼自己不能承認這一點，一旦承認，就等於現在就認輸了。

傅華說：「你怎麼知道我們市領導就一定不會這麼做？反正我是不會讓你們的詭計得逞的。我要走了，再談下去我怕是要罵人了。」

傅華說著便站了起來，準備往外走。

談紅伸手拉住了他的手腕，為難地說：「傅主任，有些時候，商場上的東西就是商場上的東西，不能講感情的。今天這個局面，我也不想看到。你知道的，我不是要針對你，其實我覺得我們很談得來，應該是可以做朋友的。」

傅華冷笑一聲，「雖然說商場如戰場，沒有友情可言，但是你也要明白一點，沒有友情，沒有信任，這個商場可能根本就無法形成。你替我轉告潘濤一句話，告訴他，朋友不是被他這麼耍著玩的。」

傅華說完，掙脫了談紅的手，便離開曲園酒樓，開車回到了駐京辦。

穆廣在外面和錢總辦事，還沒有回到駐京辦，傅華就一個人待在辦公室生悶氣。

手機響了，一看是潘濤的號碼，傅華想了想接通了。

潘濤一來就陪笑著說：「老弟啊，我聽說你跟談經理談得很不愉快？」

傅華冷笑一聲說：「潘總，你還在深圳吧？」

潘濤尷尬地說：「沒有啦，我剛回來，就聽談經理說跟你有了衝突。」

「這也太巧了吧？我們剛有衝突你就回來了。潘總啊，我是不是真的很傻，被人賣了還幫人點錢呢。」傅華不爽地說。

潘濤趕緊笑說：「老弟真是說笑了，誰敢說你傻啊。其實嘛，這件事情完全是商場上的常態，本來以為老弟不管這件事情了，所以有些情況就沒跟你及時通氣。沒想到你又插手進來，這個情況我們也是始料未及。」

傅華冷笑說：「這麼說還是我不應該了？」

潘濤勸說：「老弟啊，我們目前爭來爭去的，都是海川政府的利益，這本來就與你無關，別的證券公司都是這麼做的，你如果看不慣，可以避開這件事情嘛。我對我們之間的友誼還是很看重的，我也不想因為這件事情傷害到你。」

傅華叫說：「要我避開?!這怎麼可能，這件事情一開始就是我在運作，當初我把這件事交給你們，就說過是想要真正的重組，而不想被你們用作炒作的工具。你們可是答應得好好的，可現在呢？」

潘濤說：「老弟你聽我說，我們一開始確實是真的要實際重組的，但是市場情況發生了重大變化。」

傅華冷笑一聲，說：「潘總，你是不是真的覺得我很笨，會相信你這麼幼稚的說法？如果利得集團當初沒設想好後面如何置換財產進海川重機，他們會貿然啟動海川重機的重組？如果真是那樣，利得集團恐怕早就倒閉了。」

潘濤說：「傅老弟，事情真的是突然發生變化，這個變化完全打亂了我們當初的佈局。誰會事先設想到利得集團負責研發的副總會突然跳槽呢？這一切根本就是突發事件。」

傅華說：「我不相信，根本上就是你和談紅事先的佈局，你們就是想炒作海川重機這個空殼。」

潘濤再三解釋：「真的不是的，我跟你說，談紅很明白你究竟想要什麼，她就怕你會這麼想，沒想到事情還是朝著我們不希望的方向發展了。她本來是想讓我來跟你談這件事，但今天知道你們副市長在催促這件事情，覺得情勢逼迫下，你可能會接受這個現實，所以臨時決定把實際情況說出來。沒想到你的反應那麼強烈，她到現在還在後悔不該這麼急著跟你說這件事情呢。」

傅華冷笑說：「潘總，你說這些有意義嗎？我看她是因為我不肯上鉤而惱火吧？」

潘濤說：「傅老弟，你怎麼能這麼說呢？我們可都是很重視跟你之間的友誼的。」

傅華氣說：「別騙人了，你們如果真的重視跟我之間的友誼，就不會用這麼卑鄙的手法來騙我了。」

潘濤苦笑著說：「老弟，你現在正在氣頭上，我說什麼你都不會相信的。算了，你先冷靜一下，過幾天我們再談這件事情。」說著，潘濤便掛了電話。

談了半天，問題還是沒有獲得解決，傅華焦躁的在辦公室裏走過來走過去，他不甘心就這樣被潘濤和談紅擺佈，可是一時也難以找出好的辦法來。

想來想去，傅華給賈昊打了電話，這件事情本來他找的是賈昊，賈昊把事情交給了頂峰證券，他覺得事情辦成這樣，賈昊應該也有一定的責任；再說，目前賈昊也是他能找到的唯一一位能制約頂峰證券的人了。

賈昊接了電話，笑笑說：「傅華，找我有什麼事情啊？」

傅華說：「師兄啊，不好意思，老給你添麻煩，不過這件事情除了你，沒有人能夠幫我了。」

賈炅說：「跟我還客氣，什麼事情啊？」

傅華就講了頂峰證券和利得集團聯手擺佈海川重機的事情，然後說：「我覺得頂峰證券這麼做，明顯是逼我們上鉤。當時是師兄讓我找潘濤的，結果事情變成現在這個樣子，我跟市裏面無法交代啊，所以沒辦法，還是得找師兄你出頭，幫我討個公道出來。」

賈炅訝異地說：「老潘真的這麼做？不會吧？」

傅華苦笑了一聲，說：「我剛從他那裡回來。師兄，這件事情你可不能站在頂峰證券那邊啊，我現在都不知道該如何跟市裏面彙報這件事情了。」

賈炅安慰說：「你也別急，事情到目前為止還只是一個預案，並不是最終的結局，你等我跟老潘瞭解一下情況，我們再來看看要怎麼去辦。」

賈炅就掛了傅華的電話，然後把電話撥給了潘濤。

潘濤接了電話，說：「賈主任，你的小師弟給你打電話了？」

賈炅笑笑說：「是啊，老潘，到底是怎麼回事啊？我拜託你這麼點事情都不能辦好嗎？」

潘濤訴苦說：「哎，你讓我怎麼說呢，這件事情我也想給賈主任辦好的。我知道你對傅華很好，我也不想為了一點蠅頭小利就去得罪他。事情本來好好的，可是中途發生了重大的變故，就變得棘手起來。本來呢，按當初設想的，好好的把高科技產品置換進海川重機就解決問題了，哪知道突然出現了專利侵權的事情。」

賈昊疑惑的說：「這麼說，專利侵權的事情是真的？」

潘濤用無辜的口吻說：「賈主任，你交代的事情，我敢在這裏面玩貓膩嗎？當然是真的啦。我沒想到你的小師弟會反應這麼強烈，口口聲聲說我們公司是設下了一個圈套讓他去鑽。天地良心，我可真的沒有這樣想過，這不是事情逼到了這份上了嗎？」

賈昊說：「我師弟那個人有些時候是古板了些，不過，這也是他令人尊重的一面，他對朋友也是這樣認真的，所以我希望老潘你多為他想一想。」

潘濤笑笑，說：「這我知道。不過賈主任，我們公司目前提出來的解決方案是想讓海川市政府出點血，補貼一下海川重機，先解決海川重機可能退市的問題；解決了退市問題，我們也可以從容佈局扭虧為盈。前期利得集團已經付了一大筆錢給海川市政府了，他們出這筆錢應該沒什麼問題，再說，這筆錢也是公家的錢，你能不能勸勸你的師弟，本身無關他的什麼利益，能不能不用這麼抗拒？」

賈昊笑笑說：「你想讓我去說服傅華？」

潘濤說：「是啊，這本來是一個對各方都有利的方案，我真的不知道他為什麼反應這麼大？」

賈昊笑笑說：「老潘啊，我瞭解傅華這個人，你讓他做這種損害政府利益的事情，他是不會接受的。」

潘濤說：「這筆錢又不用他掏，而且，事情如果辦好了，我不會忘記他在這當中的作用的。你再幫我勸勸他吧，跟他說，這只是一種商業手段，勸他接受下來好啦。」

賈昊笑說：「他那個人認死理的，不行的。老潘啊，這是唯一的可行方案嗎？」

潘濤遲疑了一下，說：「當然了，不然的話，我也不會冒著跟傅華翻臉的危險這麼做。」

賈昊笑得更響亮了，說：「老潘啊，證券這一套也許傅華沒你熟悉，因此他可能被你唬得一愣一愣的，但是你在我面前就不用來這一套了吧？是不是你覺得能唬住傅華，也就能唬住我了？」

潘濤有些尷尬，笑說：「賈主任，看你這話說的，我怎麼敢啊？」

賈昊說：「老潘啊，我個人認為，朋友有兩種類型。一種呢，就是利益之交，為利益而聚，也為利益而散；另一種呢，就是真心之交，就是真心實意的把對方當做自己的朋友，有些時候寧願損害自身利益，也要維護朋友的周全。」

潘濤乾笑了一下，說：「賈主任說的是。」

賈昊說：「不諱言，你和我都是利益之徒，但是呢，我們雖然都是利益之徒，不代表我們不需要真心的朋友。」

潘濤忙說：「那是，那是。」

賈昊又說：「不知道老潘你當我賈昊是一個什麼樣的朋友呢？」

潘濤說：「那當然是真心之交的朋友了。賈主任，你在證券界這麼多年了，也應該知道我老潘是一個什麼樣的人，我什麼時候不仗義過了？」

賈昊笑了笑，說：「我瞭解啊，所以這麼多年來，我也一直拿你當做真心的朋友。在我心中，老潘你和傅華是一樣的，都是一個在關鍵時候能信得過的朋友。這種朋友是難能可貴的，可遇而不可求。所以老潘，你是不是可以多為傅華想一想，我可不想因為這件事失去一個真心的朋友。」

潘濤無奈地說：「賈主任，海川重機重組這件事，我真的沒想去損害傅華的利益，而且，這裏面也沒有牽涉到他的利益啊？」

賈昊笑笑說：「那是你的想法，你是從一個商人的角度來考慮的，如果你換到傅華的角度，換到一個官員的身分去考慮這個問題，你就會明白，你不但損害了他的利益，還傷及了他為人做事的原則。這件事是他一手處理的，現在你突然讓他跟市裏面說出了岔子，要市政府出一大筆錢才能解決問題，市裏面會怎麼看他這個幹部呢？是很能幹還是很無能呢？」

潘濤聽了，說：「我明白賈主任的意思了，可能是我考慮不周吧，事先並沒想這麼多。」

賈昊笑笑說：「那你能不能再好好考慮一下？」

潘濤說：「我以為讓海川市政府出錢補貼是拯救海川重機唯一的方案這一點上，可能是有些武斷了，我們過多的考慮了自己這一方的利益，沒有顧及到合作夥伴的想法，這是不對的。經過賈主任提醒，我認真想了想，還是有一些別的辦法可以解決這個問題。你跟傅華說一聲，讓他給我們一點時間，我會拿出一個令各方都滿意的方案的。」

賈昊說：「老潘啊，我知道這一次，是我給你出難題了，謝謝了。」

潘濤笑說：「賈主任，你說這話可就見外了，明明是我考慮不周，給你添了不少麻煩，你再來說謝謝，這不是寒磣我嗎？好啦，我一定把事情給你辦好就是了。誒，對了，小文的事情我都幫她解決了，她還滿意嗎？」

潘濤說的小文，就是賈昊的前女友文巧。賈昊說：「前幾天她打電話來，說事情辦好了，向我表示了感謝。」

潘濤笑說：「賈主任，你真是一個多情種子，都分手了還幫她解決麻煩。」

賈昊有些傷感的說：「你別這麼說，是我欠她的，她跟了我這麼長時間從來沒跟我要求什麼，現在她有了困難，我應該出手相助的。」

潘濤笑笑說：「自古多情空餘恨呢。好啦，我現在要召集公司的人馬開會研究海川重機的事情，再聊吧。」

「行啊，掛了。」掛了潘濤的電話，賈昊又打電話給傅華，說：「小師弟，我跟潘濤剛剛通了電話，你可能是有點誤會他了。」

傅華納悶說：「沒有哇，我怎麼會誤會他。」

賈昊說：「你聽我說完，利得集團專利被侵權這件事情是真的，潘濤並不是拿這個來設局騙你的。」

傅華質疑說：「是真的？我不相信。」

賈昊說：「這件事是禿子頭上的蝨子，明擺著的，專利被侵沒侵權，一調查就清楚了，潘濤沒膽量敢騙我。」

傅華感覺自己可能真的有些反應過度了，既然事情是真的，那潘濤和談紅這麼做就不是在騙他，也就情有可原了。

傅華不好意思說：「還真是這樣啊，看來我錯怪潘濤他們了。」

賈昊笑笑說：「也算是，也不算是，事情的起因是真的，但是他們提出的解決方案卻完全只考慮自身的利益，沒有顧及合作夥伴的利益，你跟潘濤這麼翻臉鬧一下也是對的，沒有這樣做事的。我批評了他，他也覺得這樣不好，答應重新找解決方案，所以你不用擔心跟你們領導沒辦法交代了。」

傅華鬆了口氣，說：「那就好，我還真擔心跟領導無法交代呢。謝謝師兄了。」

賈昊說：「謝什麼，一點小事情而已。回頭我想潘濤找到新的方案，會聯繫你的。他是一個商人，做什麼事情都先從商業利益出發，所以，你心裏也別對他有什麼意見，大家都相互體諒一下，事情就會好辦多了。」

傅華笑笑說：「問題如果能夠得到解決，我感謝他還來不及呢，又怎麼會去怪罪他呢？」

賈昊說：「那就好。」

事情總算是有了轉機，傅華放下心中大石，準備要跟穆廣彙報這件事。不過到下班的時候，穆廣都沒回駐京辦，傅華等了一會兒，見穆廣沒有回來的意思，就回家了。

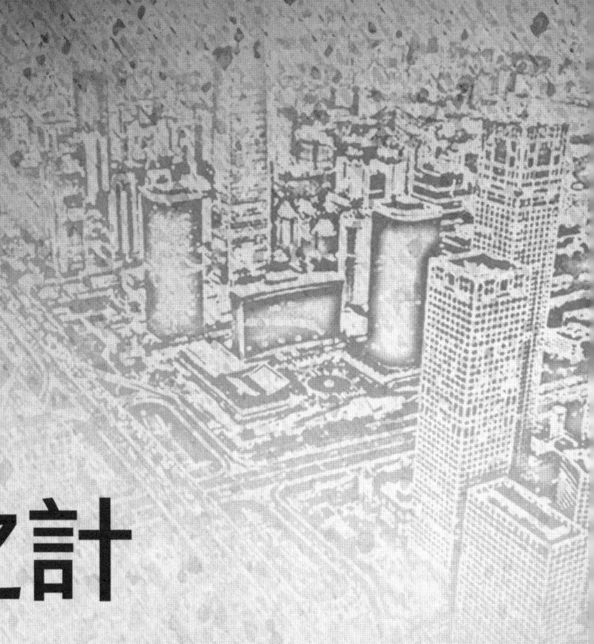

第三章

權宜之計

談紅開始談新研究出的方案，這個方案完全是由利得集團出資，
海川方面不用像上個方案一樣，出資補貼海川重機，
雖然仍然不是實際性的重組，但暫時可免去海川重機退市的風險，
也算是一個可以接受的權宜之計。

第二天上班，傅華就過去穆廣住的房間，問服務生穆廣昨晚什麼時候回來的，他怕穆廣回來的很晚，自己一大早去打攪他就有些不知趣了。

服務生卻說穆廣昨晚一夜未歸。傅華不免心中詫異，不知道穆廣昨晚幹什麼去了，怎麼會夜不歸宿呢？同時，傅華也擔心穆廣的安全，領導跑到北京來，如果出什麼事情，他這個駐京辦主任可是有責任的。

傅華就撥了穆廣秘書劉根的電話，問劉根穆廣現在在哪裡？

劉根說：「昨晚穆副市長和錢總在京郊會一個朋友，聊得很晚，就在朋友那兒睡了。傅主任有什麼事情嗎？」

這個解釋還算合理，傅華就笑了笑說：「沒什麼，就是想跟穆副市長彙報一下海川重機重組的事，看他昨晚沒回來，就打電話給你。」

劉根便說：「那我轉告穆副市長，讓他給你電話。」

傅華笑笑說：「不用了，我不急，等穆副市長回來我再跟他彙報吧。」

劉根就掛了電話。

雖然他不願意去窺探領導的隱私，可是這個穆廣實在令人好奇，傅華心中有些疑惑，這個穆廣一方面表現的好得出奇，讓傅華覺得他是一個很優秀的幹部；另一方面，卻跟一個商人神神秘秘的跑到京郊去不知道做什麼，不但去了一天，還留宿在那裏，讓人忍不住起疑。

過了一會兒，穆廣的電話就打了過來，說：「傅主任，你找我？」

傅華說：「是啊，穆副市長，我想把頂峰證券的情況跟您彙報一下。見你在外面，就準備等你回來再說。」

穆廣笑笑說：「昨晚是老錢的朋友太過熱情，留我們玩得很晚，所以就沒回海川大廈，也沒跟你們說一聲，不好意思啊，讓你擔心了吧？」

穆廣真是玲瓏剔透，馬上就猜到了自己的真實目的，傅華笑了笑說：「是有些擔心，您來北京，駐京辦應該對你的安全負責的。」

穆廣說：「啊，不好意思，我該打個電話過去的。誒，頂峰證券現在的情況是怎樣？」

傅華就把情況彙報了一遍，穆廣沉吟了一會兒，說：「你做的很好，維護了我們海川市政府的利益，不錯。不過，如果對方拿不出什麼好的方案來，他這個讓政府出錢補貼的方案也不是不可以接受。你的心情我能理解，你是感覺對方好像損害了我們海川市的利益，可是這樣也解決了問題不是？這也算特殊情況，市裏面不會把這看作是你的責任的。」

傅華心裏不由得苦笑了一下，穆廣果然跟他猜想的一樣，對潘濤原來提出的方案持一種接受的態度。他感覺很無奈，似乎自己盡力爭取的利益，誰都不在乎。

穆廣又在北京待了一天，就返回海川了。

傅華在送他去機場的路上，把請批報告遞給了他，他大體看了看，笑笑說：「行，等我和金達市長商量以後，就會批示下來。」

穆廣這次北京之行，給傅華留下了算是一個很正面的印象；但另一方面，穆廣行蹤詭秘，讓傅華覺得穆廣是個複雜的人，無法讓人看透。

頂峰證券和利得集團方面很快就研究出了新的方案，潘濤親自打電話給傅華，說：「老弟，你能不能安排時間過來一下，我們商討一下重組海川重機新的方案。」

傅華也知道自己上一次有些反應過度，便笑著說：「我馬上就過去，不好意思，潘總，上次我有些激動了。」

潘濤笑了笑，說：「不是老弟的責任，是我們沒把各方面的因素都考慮好。」

傅華就匆匆來到了頂峰證券，談紅和潘濤都在潘濤的辦公室等著他呢。

潘濤說：「老弟，先讓談經理把我們這一次研究出來的方案跟你說一下，你聽一聽，有什麼不滿意的意見可以提出來。」

傅華點點頭，談紅就開始談新研究出的方案。利得集團決定購買海川重機手裏的一塊土地，海川重機用土地出讓的價款就可以彌補這一年度的虧損，從而扭虧。

這個方案完全是由利得集團出資，海川方面不用像上個方案一樣，出資補貼海川重機，雖然仍然不是實際性的重組，但暫時可免去海川重機退市的風險，也算是一個可以接受的權宜之計。

談紅講完，看了看傅華，說：「傅主任，你對這個方案有什麼意見嗎？」

傅華笑著點了點頭，說：「我沒什麼意見，只是我希望這次之後，利得集團能儘快啟動實質的重組行動。」

潘濤立刻說：「這個，老弟就放心吧，沒有實際的重組，對我們各方都是不利的。」

談紅卻冷冷的說：「傅主任不用老把這個掛在嘴邊，我們都是有記性的人，你說過一次我們就能記住了。」

傅華有些尷尬，知道談紅還在計較自己上一次的態度。不過，幸虧自己計較了，否則海川市政府又要損失一筆錢了。

談紅說：「還有些事要先跟傅主任報告一下，免得將來發生了，你又要怪我們頂峰證券騙你。」

傅華知道自己上次理虧，便也不去計較談紅的態度，笑說：「什麼事情啊，談經理。」

談紅說：「首先，這塊土地是海川市政府當初劃給海川重機的，劃撥土地是不能變賣的，要變賣需要很多轉換手續，因此在交易的時候，需要海川市政府的批准，這個還請傅主任跟你們市政府的領導打個招呼，需要辦什麼手續我們都會辦的，但也麻煩請市政府的相關部門盡可能的予以配合。」

傅華點點頭，說：「這個沒問題，我想市裏會全力配合的。」

談紅說：「你們是往家拿錢，當然什麼問題都沒有啦。好了，再說第二件事情，這塊土地位於海川，目前來看對利得集團什麼用處都沒有，本來不是為了扭虧，利得集團是不會買的，所以，我們希望如果將來利得集團需要將這塊土地重新置換於海川重機之中，貴方不要反對。」

傅華愣了一下，這等於是用這塊土地玩了一個把戲，空轉了一下，在避免了海川重機退市之後，這塊土地又重回海川重機手中。

談紅見傅華發愣，以為他又在猜想頂峰證券玩什麼花招呢，便冷笑一聲，說：「傅主任放心，我們保證，將來如果需要將這塊土地重新置換給海川重機，我們會按照原價的，不會刻意用這個來賺取你們的錢的。」

傅華正是擔心這一點，談紅這麼說就打消了他的顧慮，便笑了笑說：「那就沒問題了。」

潘濤說：「這麼說老弟認可這個方案？」

傅華說：「我是認可了，不過我還需要跟市裏面彙報一下，看市裏面是什麼意見。」

潘濤說：「這我知道，決定權不在老弟這裏。不過我不管那些，我只需要老弟認可就好。」

傅華笑笑說：「我是沒問題了。」

潘濤說：「那我們算是達成一致了。老弟啊，今天中午就留在這裏，我陪你喝一杯。」

傅華說：「可以啊，不過可要讓我做東啊。」

潘濤搖了搖頭說：「那怎麼可以，到了我這裏怎麼能讓你做東呢？」

傅華看了看談紅，笑說：「我是應該做東的，上一次是我誤會了貴公司，我這也是為了表示歉意。」

談紅不領情地說：「這種歉意還是免了吧，我覺得傅主任從一開始就對我們頂峰證券抱有一種懷疑的態度，不相信我們也很合理啊。」

傅華乾笑了一下，說：「我已經道歉了，談經理能否大人大量，放我一馬啊？」

談紅冷笑一聲，說：「這個時候就別裝可憐了，我可記得在『曲園酒樓』傅主任揮手而去的大丈夫形象，是小女子該請你原諒才對。」

傅華越發不好意思起來，說：「談經理，你這麼說，我可就無地自容了。」

潘濤有趣的看著兩人，笑說：「小談，你別說了，大家本來就是誤會一場，各讓一步就算了。」

談紅看了看傅華，怒氣未消的說：「潘總你說算了就算了啊，我還是第一次被人當成騙子呢。」

潘濤笑說：「好啦，小談已經答應算了，老弟你也別道歉了，我們中午吃一頓和解飯，這件事情就算過去了。不過，老弟你也別搶著做東，這頓飯還是我請。」

傅華答應了下來，談紅見時間還早，就說要回去辦公，潘濤叮囑她，叫她中午一定要參加宴會，談紅答應了下來，這才放談紅離開。

談紅離開後，潘濤看了看傅華，說：「老弟，你跟小談之間是不是發生過什麼事？」

傅華愣了一下，說：「沒發生過什麼啊，我跟談經理之間一直只是公務上的往來，沒其他的事情啊。」

潘濤笑了，說：「老弟，你沒說實話啊。其實，現在社會男人有兩三個情人也很正常，只要不被老婆知道，鬧得後院起火就好。」

傅華笑了出來，說：「潘總，我跟談紅之間真的沒什麼。」

潘濤說：「你這個老弟真是不實在啊，你怕什麼，我又不會去跟趙婷說，趙婷現在懷孕了，你打打野食也很正常。其實這個小談很不錯，要才有才，要貌有貌，我如果不是不喜歡女人，可能還輪不到你呢。」

這倒是實話，潘濤喜歡奶油小生，而不是漂亮的嬌娃。不過不知道為什麼，他非要誣賴自己跟談紅有一腿，讓傅華有點哭笑不得的感覺，說：「潘總，我在你面前從來也沒說過謊話啊，我跟談紅真的沒什麼，你怎麼會認為我和她之間有問題呢？」

潘濤愣了一下，說：「那是我看錯了？不對啊，你剛才跟她的那段爭吵，像極了情侶間的鬥嘴，我還以為你們是在我面前打情罵俏呢。」

傅華笑說：「潘總，你真是有意思，你誤會了，我跟談紅之間真的沒什麼。」

潘濤說：「沒有什麼最好，其實趙婷真的很不錯，我剛才還擔心如果被她知道了，我不好交代呢。」

話題雖然就此揭過，卻讓傅華心中多了些疑惑，中午吃飯的時候，便不經意的多注意了一下談紅，果然，在談紅的眉眼之間看出了幾分淡淡的幽怨，這種幽怨只有在情人之間才會有的，如果不是潘濤點出來，傅華還真是很難注意到。

傅華心中暗自警惕，他可不想再去招惹這些桃花，一個曉菲已經讓他有些亂了陣腳，如果再加上一個談紅，他可真不知道該怎麼辦了。

傅華就想要跟談紅保持距離，因此在酒宴上，他也不再提什麼道歉的話，整場都在跟潘濤說笑。

這倒樂壞了潘濤，他本來就喜歡花美男，雖然知道傅華並沒有什麼別的意思，可是一個帥哥對他這麼熱情，總是一件賞心悅目的事情，因此這頓飯他吃得十分開心。

談紅見傅華不太搭理自己，心中越發的生氣，越加冷言冷語去譏諷傅華，傅華知道越是回應，談紅會越糾纏上來，也就任她譏諷，笑笑就回避了過去。

下午回到駐京辦，傅華打電話給金達，把頂峰證券提出的新方案跟金達作了彙報，詢問金達的看法。

金達聽完，說：「頂峰證券原來提出的方案，穆副市長跟我講了，他說你對那個方案很不滿意，正盡力為市府爭取。這個新方案不錯，看來你的努力沒有白費，利得集團新拿出這筆錢不但可以暫免退市的風險，而且也能救得海川重機一時之急了。」

傅華說：「金市長您滿意就好。」

金達接著說：「傅華啊，你們辦事處請批資金的報告我看了，看來穆廣這次去北京跟你相處的不錯啊，你都可以跟他遞報告要錢了。」

傅華感覺金達的口氣似乎有些不高興，趕忙解釋說：「不是啦，金市長，是穆副市長主動詢問了駐京辦的經營狀況，得知駐京辦還有一大筆貸款沒還，就說市裏面可以適當的幫忙解決，我覺得市裏面財政資金比較寬裕，所以才提出了報告。」

金達笑了笑說：「原來是這樣啊。你們駐京辦的資金真的很緊張嗎？」

傅華乾笑了一下，說：「也不算很緊張，跟您說句實話吧，還是可以維持的，不過穆副市長既然開口了，我也沒理由不要啊。」

金達笑笑說：「不要白不要是吧？我就知道你這傢伙夠滑頭的，你的駐京辦明明經營狀況良好，根本就不需要請批資金。」

傅華說：「資金還是需要的，早日把貸款還清，我心裏也輕鬆些。金市長您這麼說，是不是市裏面不打算批資金給我們了？」

金達說：「放心吧，資金多少會批給你們一些的，只是可能沒法讓你滿意啊，我雖然沒穆副市長會做人，可也不想故意跟你們駐京辦為難。」

傅華便知道金達在這件事上可能有些左右為難，批吧，政府的資金捉襟見肘，並沒有太多的資金可以批給駐京辦；可是不批吧，這是穆廣提出來的，還牽涉到傅華，不批不但會掃了穆廣的面子，還會讓傅華對他心存芥蒂。

傅華說：「金市長，我這邊還可以維持，您如果感到為難，不批也可以的，我沒意見。」

金達笑了，說：「就會說好聽的，你報告都遞上了，我不批一點是不是有些不夠意思了？」

傅華趕忙說：「我可真的沒這個意思。」

金達說：「好啦，你不用緊張，穆副市長這麼做也是有道理的，對駐京辦這樣為市裏面做出卓越貢獻的單位，政府政策是應該多偏袒一點。」

傅華說：「那市裏面有充裕的資金嗎？」

金達說：「市裏面的資金從來都不會充裕的，不過，擠一擠總是會有的。」

傅華打趣說：「您這句話讓我想起了網路上的一句笑談：『時間就像女人的乳溝一樣，擠一擠總會有的。』」

金達笑罵道：「你這傢伙，淨胡亂聯想，是不是最近招惹了什麼女人了？我跟你說，你可不准做對不起你老婆的事情，讓我知道絕不客氣的。」

傅華本是想開個玩笑，緩和一下跟金達之間略顯緊張的氣氛，沒想到金達卻借題發揮，便笑了笑說：「我不是那種人的，這一點還請金市長放心。」

金達說：「北京可是一個繁華之地，你能做到潔身自好最好。對了，說到你老婆，我最近聽到一個消息，說你岳父家最近正在辦移民，是真的嗎？」

傅華愣了一下，說：「您知道了？是有這麼一回事，我岳父正在辦移民手續。」

金達問：「那你呢，你也移民？」

傅華說：「現在我也不清楚，其實我是不想移民的，我就業之後就在政府單位工作，真不知道出了國之後要做什麼？」

金達說：「傅華，你還記得我前段時間提起過，想要你兼個副秘書長的職務這件事情嗎？」

傅華點頭說：「嗯，不過以我目前的這種狀況，似乎沒有必要了吧？」

金達嘆了口氣，說：「我本意不是讓你多兼一份職務，是想讓你回市政府來幫我，現在看來，很難實現了。」

傅華勸慰說：「其實很多人都可以幫您的，就說新來的穆廣副市長吧，我感覺他做事能力很強，這一次北京之行，估計他帶了幾千萬的資金回去吧？」

金達說：「穆廣副市長這一次北京之行確實收穫豐富，我不否認他的能力很強，可是有些人可以幫你做事，卻不能成為朋友。」

傅華聽出金達似乎對穆廣有些看法，便說：「金市長對穆副市長還有什麼地方不太滿意嗎？」

金達笑說：「傅華，你不會讓穆廣一個批錢的報告就收買過去了吧？」

傅華說：「那倒沒有，我只是覺得穆廣副市長確實是一個肯幹事情的人。」

金達說：「這我不否認，他確實很能辦事，而且效率還極高，可是他身上總有那麼一種味道，我說不出來是什麼，反正我就是感覺他跟我們不是一個路數的人。」

傅華說：「我也覺得有點看不透他，就像這次來北京，他帶著一個企業的老總，有兩天行蹤詭秘，我猜他肯定有什麼事情是無法公開的。」

金達說：「這確實是很令人懷疑，我也是因為穆廣跟企業家們走得很近，對他有所疑慮。這些企業家都是逐利動物，如果彼此之間沒有什麼利益交換，他們是不會走得這麼近的。」

傅華說：「是有這種可能，不過對這樣的人，用其長處、防其短處就是了。這個人可能是有點功利心太強，用的合適，應該對您的工作大有助益的。」

金達笑笑說：「你說的也是。」

在金達和傅華討論穆廣的時候，海川有些人也在關注穆廣。

在海川市委秦屯的辦公室，秦屯和鄭勝的談話中也談到了穆廣。

秦屯這段時間一直在夾著尾巴做人，生怕有什麼閃失給了省委處理他的藉口，因此沒事時就會躲在辦公室修心養性。幸好這段時間風平浪靜，並沒有發生什麼不利於他的事情，因此秦屯估計他算是度過這一劫了。

鄭勝也熬過了這一段困難的時光，他迫於無奈，將一個正在進行中的項目轉讓給了別人。雖然很心疼因此損失的一大筆利潤，可是總算換來了周轉資金，解決了手頭沒錢的窘境。

海盛山莊那邊，公安監控了一段時間之後，也沒有發現什麼，慢慢也就放鬆了，看守得已經不像當初那樣嚴密了。

這兩條本來有些被凍僵的蛇再度還陽，便再次湊到了一起。

鄭勝找了過來，是想讓秦屯出面跟公安部門通通氣，看他們現在對海盛莊園究竟是一個什麼樣的態度。

見了面的兩個人都沒什麼精神，這一次他們算是元氣大傷，雖然難關已過，可是元氣還尚未恢復。

秦屯聽了鄭勝的來意之後，嘆了口氣，說：「鄭總，莊園生意是不是先放一放啊？那些公安監控了你這麼長時間，正愁找不著你的把柄呢，你這個時候貿貿然的恢復營業，會讓公安心中更加有氣，說不定會變著法找你麻煩的。」

鄭勝急了，說：「他們非要整死我呀？我不過是給朋友們弄一個放鬆休閒的地方而已，有必要這麼趕絕我嗎？」

秦屯說：「這不是什麼趕絕你，是你自己惹出了這麼多的麻煩。叫我說，你那海盛莊園還是放棄掉算了，你這個地方在公安那裏已經掛了號了，就算是重新營業，原來的朋友也沒人敢去玩了。」

鄭勝想想也是，海盛莊園原來之所以客人絡繹不絕，不僅僅是因為莊園裏的小姐漂亮，好玩的花樣多，更是因為他鄭勝門路廣，能保證來玩的朋友的安全。畢竟在風月場所，首先求的就是安全，如果不能保證安全，玩著玩著就會被抓走，那誰還會來玩呢？

鄭勝嘆了口氣，說：「那怎麼辦？難不成我偌大的莊園就放在那裏長草？」

秦屯說：「你不放在那裏長草也可以，出手吧。」

鄭勝說：「你讓我轉讓給別人？這個莊園當初可是我的一隻金母雞，賺錢不說，也是我處理關係最方便的場所。」

秦屯勸說：「這隻金母雞現在已經變成了不下蛋的母雞啦，你留著只是一個禍根，對你卻一點幫助都沒有，到了該賣掉的時候了。」

鄭勝煩惱地說：「可是賣了它要幹什麼？」

秦屯笑說：「你可以換個碼頭，繼續做你那些娛樂行業啊。你在這個行業中打滾多年，人脈、資源啊什麼的，不都還在嗎？繼續做啊。」

鄭勝一拍腦袋說：「對啊，莊園不過是一個殼而已，其他的資源才是我真正的本錢所在，莊園這個殼不能用，我換個殼就是了。」

秦屯又說：「這一次你也不要再出頭露面了，換個別人幫你做幌子，關注也會少很多。」

鄭勝笑笑說：「這個我明白，我現在是靶子，再出面還是要被打的。不過，到時候你可要多幫襯著我些，沒有你們這些領導護著，一個生面孔是很難立足的。」

秦屯說：「這個我肯定會的。不過嘛，我現在在海川市也是一個不得意的人，怕是很難護得周全。」

鄭勝也感覺秦屯的能力有限，尤其是這次選舉事件，讓他深切感到秦屯這個人在關鍵時刻靠不住。沒有他的退縮，金達可能都被趕出海川了，秦屯這點能力離死去的徐正可是差得太遠了，便說：

「他媽的，徐正這一死對我們的損失真是很大，我們現在在政府這邊就沒有靠得住的關係啦，那些能說得上話的都是沒什麼用的。我們是不是需要再培養一個關係出來？」

秦屯現在也感覺在海川政壇上勢單力孤，現在市長金達和市委書記張琳之間關係融洽，這就讓秦屯少了在其中做手腳的空間。更多的時候，他只能做附和金達的應聲蟲。

秦屯自然不想老是維持這種被動的局面，他的權力空間已經被壓縮到了極限，這樣下去，他在海川政壇上會越來越沒有威信，他手中的權力會極大的萎縮。因此秦屯也急著在海川政壇上尋找一個同盟軍，只有跟人結盟，才能壯大自己的實力，才會讓自己在海川政壇上有一席之地。鄭勝的提議倒正中秦屯的下懷。

秦屯說：「還真是很需要有這樣一個關係，我現在雖然是常委，可是我在常委會上很孤立，什麼都是金達和張琳說了算，我的影響力有限。」

鄭勝說：「我現在手頭的資金寬裕了，如果再把莊園賣掉，又會有一筆資金進帳，倒是可以好好的運作這件事情。現在的關鍵是找誰呢？你在市政府也待過很長時間，那些副市長你都很熟悉，你覺得找誰比較合適？」

秦屯想了想說：「那些老人不行，他們雖然也是副市長，可是影響力有限，又沒什麼能力，就算拉上了關係，也起不了大的作用。」

鄭勝說：「這些人不行，就沒有人行了，總不成你讓我去找金達吧？」

秦屯笑了，說：「你就是想找，人家也得搭理你啊。金達肯定不行，不過也不代表就是沒有人了，新來的副市長穆廣你知道吧？」

鄭勝說：「聽說過，在電視裏也見過，怎麼，你想讓我去找他？」

秦屯點點頭，說：「對啊，我跟穆廣雖然接觸不多，可我感覺他是一個很容易收買的人，他常務副市長的位置又相當的關鍵，如果能被我們所用，那將對我們十分有利。」

鄭勝說：「好是好，可是我目前跟他搭不上線，我又不是很瞭解這個人，這感覺有點像老虎吃天，無處下口啊。」

秦屯笑說：「你別急，我觀察這個穆廣有一段時間了，我發現他有一個特點，就是喜歡跟商人交往。他身邊常圍了很多商人。雖然現在是經濟社會，一個常務副市長不可能不接觸商人，可是你我都明白，一個官員跟商人往來密切意味著什麼。」

鄭勝意味深長地說：「原來這是一顆有縫的蛋啊，不過即使是這樣，我也不能貿然的走過去，跟他說穆副市長，我送你什麼什麼，好讓我們來交個朋友吧？」

秦屯笑了，說：「那當然是不行，不過，我可以介紹你們認識啊，我跟他雖然不是很熟，可總是抬頭不見低頭見的同事，介紹個人給他認識，還是可以的。至於你後面要怎麼做，就看你的本事了。」

鄭勝說：「那行啊，你來安排吧。」

秦屯說：「這個不能是刻意安排的，後天晚上，海川民營企業家協會有一個酒會，給我送了請帖來，我問過，穆廣也會參加。你也是海川的民營企業家之一，你沒收到請帖嗎？」

鄭勝說：「請帖我倒是收到了，可是我這個人一向不喜歡湊這種熱鬧，原本打算不去的，叫你這麼一說，還真是有去的必要了。」

秦屯說：「你去吧，到時候我介紹你跟他認識。」

鄭勝說：「行，我就照你的安排去做。」

第四章

正中下懷

原本規劃局退件，也是想製造一點小麻煩，
提醒一下鄭勝，有些關係需要點什麼來潤滑一下啦。
沒想到卻正中鄭勝下懷，給了他一個製造讓張雯接觸穆廣的大好機會，
於是順勢佈局，讓張雯裝出一副可憐樣去求穆廣的幫忙。

時間很快就過去，民營企業家酒會在海川大酒店隆重舉行。

秦屯和穆廣在會議上講了話。講完話之後，兩人各端了一杯酒，跟參加酒會的企業家們交談著。

鄭勝也來參加了，他帶著一位漂亮的女伴，來到秦屯面前，說：「秦副書記，您剛才的發言真是太好了，真是說到我們民營企業家的心坎上了。」

秦屯的目光卻被鄭勝的女伴吸引住了，笑罵了一句：「你這傢伙，敢來打趣我。誒，這位小姐是誰啊，也不給我介紹一下？」

鄭勝身旁那位女伴落落大方的笑著說：「您好，秦副書記，我是鄭總的助理，張雯，很高興認識您。」

秦屯立即笑顏逐開，熱情的跟張雯握著手，說：「你好，你好，我也很高興認識你。」

鄭勝看著這一切，心說這個秦屯還真是個色鬼，見了漂亮女人就走不動了，只是不知道穆廣是不是也有同好呢？眼光就四處梭巡，尋找著穆廣。

穆廣正被圍在一群人中間，跟商人們熱烈的交談著。

在找到穆廣的那一剎那，鄭勝感覺穆廣似乎也在看向這一邊，在碰到鄭勝的目光之後，穆廣的眼神立即閃開了。

看來穆廣對這邊也很關注，只是鄭勝搞不明白他是在關注秦屯的行動呢，還是在關注自己帶來的這個美人。不管是關注什麼，起碼這邊是有穆廣關注的東西，鄭勝隱隱感覺穆廣過一會兒就會過來的。

帶張雯這個美人來，是鄭勝靈機一動產生的一個奇妙的主意，他是想測試一下穆廣喜不喜歡女色。

女色也是一個處理關係的很好的潤滑劑，就算男人再不高興，也會在一個漂亮的女人面前克制自己的。因此鄭勝動用了自己的人脈，找到了這個張雯。

張雯是他一個做馬夫的朋友新進的貨色，原本準備培訓後作為頭牌推出的，正好鄭勝需要這樣一個新鮮人，就割愛給了鄭勝。

鄭勝希望穆廣像秦屯一樣貪色如命，那樣，他只要將張雯送過去，就能很快跟穆廣拉近關係，事情相對處理起來就會容易的很多。

鄭勝用眼睛的餘光瞄著穆廣所在的人群圈子，很快，鄭勝就注意到穆廣端著酒杯往這邊走來，便低聲跟秦屯說：「穆廣過來了。」

秦屯笑笑說：「別管他，等他過來我自然會介紹你的。」

秦屯說話時，眼神就沒離開過張雯漂亮的臉蛋，手也一直握著張雯的手，回答完鄭勝之後，就繼續跟張雯說笑著。

穆廣走了過來，跟秦屯點了點頭，說：「秦副書記，你這裏好熱鬧啊。」

秦屯這才鬆開了張雯的手，笑了笑說：「穆副市長，來，我給你介紹一下，這位是我們海盛置業的老總，鄭勝鄭總。鄭總，你還不認識穆副市長吧？」

鄭勝笑笑說：「還真沒見過，不過，我這些天耳朵裏聽著的可都是穆副市長的大名，我的朋友們都說穆副市長在原來的縣裏如何扶持民營企業，是一個很優秀的領導啊。」

穆廣笑了笑，說：「鄭總這是給我戴高帽子呢，不過，我在原來的縣裏取得了一點小小的成績，也確實與那裏的民營企業家對我的大力支持是分不開的。現在我到海川，希望鄭總也能給我大力支持啊。」

鄭勝巴結說：「我可不敢說能給穆副市長大力支持，不過，我也是海川市的公民，也希望海川市經濟能夠蓬勃發展，也願意為海川市經濟發展盡一點綿薄之力。」

穆廣說：「那我們的目標是一致的，就讓我們共同努力吧。」

這時，張雯在一旁嬌嗔道：「鄭總，你怎麼光顧著說你們的，都不跟穆副市長介紹我呢？」

穆廣笑說：「鄭總啊，有美女嫌我們冷落她了。你還不趕緊介紹一下？」

鄭勝說：「不好意思，穆副市長，這是我管理無方，讓手下的助理冒犯了您。」

穆廣笑了笑說：「鄭總這麼說就不對了，是我們疏忽了人家了嘛。女士在場，是應該先介紹才對。」

張雯伸出手來，說：「還是穆副市長有紳士風度，既然鄭總不肯介紹我，我就自我介紹一下，我叫張雯，是鄭總的助理，很高興有機會能跟穆副市長認識。」

穆廣說：「你這個助理有意思，竟然敢跟老闆叫板。我也很高興認識你。」說著，跟張雯握了握手。

讓一直在旁邊觀察的鄭勝失望的是，穆廣跟張雯的握手僅僅是蜻蜓一點，然後馬上就放開了，這跟秦屯握住了就不放，完全是兩種風格，看來穆廣並不喜歡女色，他想用張雯來攻陷穆廣的關口，有一點失算了。

穆廣又隨意的問了問鄭勝正在發展的項目，聽鄭勝說他也參與了海川新機場項目的建設，便稱讚了幾句，跟鄭勝握了握手就離開了。不過離開之前，接下了張雯遞過去的鄭勝的名片。

穆廣走了之後，秦屯看了看鄭勝，說：「看來人家不吃你這一套啊。」

鄭勝笑笑說：「秦副書記急什麼，這才是剛開始，後面的情況還不知道會如何呢。」

秦屯點了點頭，說：「這倒也是，我看他對你的助理並不反感啊，這是一個好的開始。」

酒會結束後，鄭勝便帶著張雯回去。

他因為張雯沒能勾引上穆廣，心中就有一肚子邪火，在車上就對著張雯的腿亂摸著。張雯因為有司機在，也要裝出幾分矜持，就想要推開，卻又顧忌鄭勝的身分，不敢完全拒絕他，就不得不容忍著鄭勝放肆的行為。

這一讓一推讓鄭勝越發火起，索性就在車上對張雯渾身上下其手，弄得張雯花枝亂顫，不時發出低吟聲。

回到莊園後，鄭勝二話不說，就拖著張雯進了房間。把張雯扔到床上，幾下就扯去了她的衣物，撲到張雯身上，瘋狂的動作著。張雯順應著鄭勝，很快也被鄭勝完全帶動了，忍不住哼哼唧唧了起來。

發洩完之後，愉悅讓鄭勝的大腦一片空茫，仰躺在那裏久久不想動彈。

過了一會兒，鄭勝從無意識的狀態中恢復了過來，伸手拍了一下張雯白皙肥膩的豐臀，罵了句：「×的穆廣，老子備了這麼好的尤物給你，你都不喜歡，這寶貝弄起來多爽啊。」

張雯嬌笑著說：「鄭總，我覺得那個穆副市長不是不喜歡我，只是他的偽裝能力很強，在你們面前沒顯露出來吧。」

鄭勝愣了一下，看了看張雯，說：「你為什麼這麼說，難道他私下裏對你有什麼表示我們沒看到嗎？」

張雯笑笑說：「他私下倒沒什麼表示，在酒會這麼公開的場合，我估計他就是想表示也不敢的。」

鄭勝納悶地說：「那你怎麼說他是裝的？」

張雯笑說：「我在跟他握手的時候，用小指勾了勾他的手心，他雖然沒什麼特別的表示，可也沒顯出什麼厭惡的樣子。所以我猜測這傢伙不是不喜歡我，只是不敢表示出來而已。」

鄭勝笑了，看來自己帶張雯去還真是對了。

鄭勝笑罵道：「這些當官的王八蛋，想要你就要吧，在老子面前裝什麼樣啊？害得老子還以為你不吃這一套呢。」

有了搞定穆廣的門路，鄭勝心裏輕鬆愉快了很多，便覺得剛才玩張雯玩得太急促了，不夠盡興，心說：老子把這個女人送給穆廣之前一定要先玩個夠本，讓穆廣這個裝樣的王八蛋喝老子的洗腳水。

鄭勝就又把張雯拉進了懷裏，這一次他有了興致，就饒有興趣的把玩起來，很快張雯就受不住了，一聲比一聲叫得不像樣，苗條的身子扭動的像一條蛇，鄭勝感覺自己像一塊燒紅了的鐵，再次將張雯壓到身下去。

這段時間，他一直受金達這些官員的氣，這次總算有機會在穆廣這個副市長身上得到報償，便分外有一種動力在支撐著他，讓他在張雯身上折騰了好長時間才徹底的解脫。

張雯一次又一次的被送上了巔峰，感覺身子就像羽毛一樣浮了起來，鄭勝停下來後，她還緊緊摟住鄭勝，沉浸在快樂的感覺當中，久久不能平復。

過了一會兒，鄭勝平靜了下來，見張雯雙目微閉，似乎已經睡著了，就輕輕拍了拍她的臉蛋，問說：「睡了嗎？」

張雯睜開眼睛，嬌笑著親了鄭勝一下，說：「鄭總，你真是太棒了。」

鄭勝得意地說：「那是當然，不過你也不錯啊，弄得老子很爽。聽著啊，寶貝，老子如果讓你去搞定穆廣，你覺得能行嗎？」

張雯笑笑說：「應該行吧，只要能有機會多接觸接觸。」

鄭勝說：「機會老子會給你製造出來的，你就負責把穆廣給我弄到床上去就行了。寶貝，這可是一條大魚，你如果有能力把他弄上手，好處絕對少不了的，說不定老子到時候還得看你的臉色呢。」

張雯笑笑說：「不管如何，我也不可能給鄭總臉色看的。」

鄭勝摸了摸張雯的臉蛋，淫笑著說：「算你乖巧。」

兩天後，穆廣坐車到市政府大樓門前，下了車往市政府大樓裏走，迎面就看到張雯一臉急色的迎了過來，一見到穆廣就說道：「穆副市長，可找到你了。」

穆廣笑了笑，說：「小張啊，發生什麼事情了，怎麼這麼急啊？」

秘書劉根本來想過來幫穆廣攔住張雯，見穆廣認識張雯，而且很和藹的跟張雯說話，就退到後面去了。

張雯一副驚慌失措的樣子，帶著哭音說：「慘了慘了，我這一次是真的慘了，穆副市長，你這次可一定要幫我啊。」

穆廣安撫著說：「好啦好啦，有什麼問題，我們去辦公室再說好嗎？」

張雯央求道：「那你可一定要幫我啊，不然的話，我會真的很慘的。」

穆廣笑著說：「到辦公室再說，放心，如果能幫忙，我一定會幫忙的。」

張雯就跟著去了穆廣的辦公室，穆廣讓劉根把今天的行程往後延一下，便坐了下來，問張雯道：「小張，你冷靜一下，慢慢跟我說究竟是怎麼啦。」

張雯苦著臉說：「穆副市長，你真是一個好人，這次只有你能幫我了，否則我真的不知道該怎麼辦了。」

穆廣笑笑說：「別急，別急，慢慢說，我能幫一定幫的。」

張雯說：「是這樣的，都是我不好，搞錯了一份文件的有效日期，本來沒過期的，被我一時忘記多耽擱了一天，規劃局那邊見過期了，就堅決不肯收件，要我把所有的手續重新辦過才行。我拿回去跟鄭總說，鄭總把我罵得狗血淋頭，說他費了好大的功夫才搞定了這些蓋章的部門，如果再重頭來過，他還要再重新花一筆錢，而且批文不下來，公司就不能開工，都要停下來等，由此造成的損失可就大了去了。他說他不管，我做下的錯事我自己承擔責任，要我必須馬上想辦法解決這件事情，否則的話，不但要炒我魷魚，還要向我追討對公司造成的損失。這件事情本來就花費了鄭總好多力氣才完成，我一個小女子無權無勢的，就算是拼了老命也無法給他辦成啊。想來想去，您是我在海川認識的最大的官了，就壯了膽子過來找您了。」

穆廣看了看楚楚可憐的張雯，皺了一下眉頭，說：「你們這個鄭總也真是的，明明知道你只是個弱女子，還要來逼你，真是不講道理。」

張雯搖搖頭說：「是我做錯事讓他蒙受了損失，他這麼做也在情理之內的。」

穆廣說：「你這個小張啊，還真是通情達理，他都逼你到這樣了，你還幫他說話。」

張雯說：「確實是我做錯了嘛。穆副市長，你可一定要幫我這個忙啊，其實就是過了一天而已，有人說，如果找到合適的關係肯定能解決的。穆副市長，您可一定要幫我這個忙啊。」

穆廣笑笑說：「小張你別急，我會幫你的，這個規劃局也是的，過了一天而已嘛，又不是很長時間，你跟我說是哪個部門，我跟他們局長說說這件事情。」

張雯激動地說：「謝謝您，謝謝您，我真是太感謝您了。」

穆廣就根據張雯告訴他的部門，打電話給規劃局局長，講了這件事，最後說：「我們的政府行政部門應該有點人情味嘛，不要過了一天就非要人家全部重來，這不是故意難為人家小姑娘嘛。」

規劃局長就查了一下事情的具體情況，果然跟張雯說的一樣，局長就答應穆廣馬上讓規劃局收件，讓張雯現在就可以帶著資料過去辦理。

穆廣把情況告訴張雯，讓張雯可以現在就去送件。張雯感動的眼淚在眼眶裏直打轉，抱住穆廣的雙手，聲音哽咽的說：「我真的不知道該怎麼謝謝您才好，您這是救了我一命，我不知道該說什麼了。」

穆廣笑了笑，說：「小張，我這也是舉手之勞嘛，你不用這麼激動，趕緊去辦你的事情吧，規劃局的同志還在等你呢。」

穆廣說話的時候，手還是任由張雯抱著，並沒有掙脫出來。

張雯說：「您真是個大好人，對您只是小事，對我可是身家性命的事情，不然的話，我拿什麼去賠鄭總的損失啊。」

穆廣說：「好啦，你先去把規劃局的事辦好吧，我下面還有事情安排，不能再耽擱下去。」

張雯羞澀的說：「穆副市長，您看我，光顧著激動，沒想到耽擱您寶貴的時間了。我先去辦事情了，您忙。」

張雯這才鬆開了穆廣的手，穆廣對張雯揮了揮手說：「快去吧。」

張雯離開後，穆廣深吸了一口氣，空氣中還瀰漫著張雯身上的香水氣味，心中暗嘆這個女人真是好香啊。

張雯走出了市政府的大門，鄭勝的車就迎了過來，張雯上了車，鄭勝正坐在車上，笑著問張雯：「寶貝，順利嗎？」

原來這一切都是鄭勝佈的局，原本退件這種小事，他出面請請客基本上就可以搞定的，他在這個行業已經打滾多年，各方面的關係都是熟得不能再熟，早已知道這裏面的路數。

原本規劃局退件，就不是想難為鄭勝，他們也是製造一點小麻煩出來，提醒一下鄭勝，有些關係需要點什麼來潤滑一下啦。

沒想到卻正中鄭勝下懷，給了他一個製造讓張雯接觸穆廣的大好機會，於是順勢佈局，讓張雯裝出一副可憐樣去求穆廣的幫忙。

張雯笑說：「我出馬沒有不順利的，穆廣已經打電話給規劃局了。」

鄭勝又問：「那他對你怎麼樣？」

打電話給規劃局並不代表什麼，也許穆廣純粹是可憐張雯才幫這個忙的，本身對張雯沒什麼感覺。

張雯說：「鄭總，我的魅力你又不是沒領教過？」

鄭勝笑了，說：「你個騷蹄子，我領教的只是你床上的功夫，那時候你是光著身子的，我怎麼知道你穿著衣服時有沒有迷住穆廣的能力？」

張雯笑笑說：「放心吧，穆廣讓我抓住了手好半天，連掙扎都沒掙扎，你說他動沒動心？」

鄭勝笑罵道：「這個王八蛋，關上門果然不一樣。回頭給我趁熱打鐵拿下他。」

張雯答應說：「沒問題，我會找個機會好好感謝他幫我辦好了事情的。」

鄭勝臉上露出了淫邪的笑容，說：「給我好好伺候伺候他，讓他爽到爆。」

張雯笑說：「鄭總，你是知道我床上功夫的厲害了，我保證能讓他做一回快樂神仙的。」

過了一天，穆廣在外面應酬完回到海川大酒店時，已經是將近晚上十點鐘了。由於他新調到海川任副市長，家裏的事情還沒安排妥當，老婆的工作也還沒調到海川，就暫時借住在海川大酒店。

海川大酒店的服務員小王看穆廣回來，過來接下了他的手提包，說了聲「穆副市長回來了」，就走在前面去給穆廣開門。

穆廣正用眼瞟著小王豐滿的身材，小王突然停了下來，對一個女人說道：「你這個女人怎麼回事啊，都跟你說了不要打攪副市長休息，你怎麼還在這裏啊？」

穆廣抬頭一看，原來是張雯。

只見張雯穿著一身很規矩的套裝，手裏拎著一個包裝好的水果籃，看到穆廣正在看她，便衝著穆廣笑了笑，說：「穆副市長，您工作到這麼晚啊？」

這個笑容讓穆廣心裏就像熨斗燙過一樣的舒坦，他笑笑說：「是小張啊，這麼晚了，找我有什麼事情啊？」

張雯說：「我本來來得挺早的，沒想到您這麼晚才回來。我來沒別的意思，就是想謝謝穆副市長，規劃局的事我已經辦好了，因為您的電話，那邊的工作人員對我十分客氣，很快就幫我辦完了。」

小王見穆廣笑咪咪的跟張雯說話，知道兩人認識，就不再趕張雯離開，轉身過去開了穆廣的房門。

穆廣招呼著說：「進來坐吧，這裏就我一個人住，可能有點亂。」

張雯就跟著穆廣進了房間，小王進來幫張雯泡了一杯茶，正準備退出去時，穆廣說：「謝謝你，小王，這麼晚還要你幫我服務。」

小王笑說：「這是我應該做的，穆副市長真是客氣。」

穆廣說：「那也該謝謝，你去休息吧，門開著就好。」

小王就離開了。

張雯見門開著，知道穆廣是想要裝樣給別人看，心裏暗自好笑，這傢伙真是有意思，明明看到他在女服務員背後盯著人家的屁股看，這會兒卻又做出一副正人君子、道貌岸然的樣子，也不嫌累。

張雯說：「我買了一點水果過來，想跟您說聲謝謝，只是不知道您喜歡吃什麼，就亂買了一點。」

穆廣笑了笑說：「其實真是沒必要，我這裏每天酒店都會安排一些水果的。」

張雯一副不好意思的樣子，說：「我知道穆副市長這裏肯定什麼都不缺，我買這點水果實在也不值什麼錢，可是我真是很想謝謝您。」

穆廣說：「我不是嫌棄你的水果的意思，只是覺得沒必要讓你花這種錢。其實你買的水果挺好的，謝謝你了。」

張雯臉紅了一下，用眼瞟了穆廣一下，說：「看穆副市長說的，本來是您幫我的忙，怎麼反過頭來謝我呢？」

穆廣被張雯這個眼神弄得身子一下子酥了半邊，心波蕩漾不止，幸好他自制功夫了得，很快就讓蕩漾的心神平靜了下來，說：「其實我也沒幫什麼忙，這本來就是他們規劃局應該做的，我只是督促他們依法處理而已。」

張雯這時站了起來，說：「穆副市長，您這裏有些亂啊，這酒店的服務員也真是的，不知道您很忙嗎？怎麼也不幫您收拾一下？」

穆廣笑說：「這不能怪他們，是我不讓他們亂動我的東西的，我怕他們搞亂了我找不到，只有我讓他們收拾，他們才敢收拾的。」

張雯笑了笑，說：「您一個人過是辛苦了些，夫人如果過來就好了。」

穆廣說：「她快要過來了，還有些事情還沒處理好，處理完她就會過來的。」

張雯點點頭說：「夫人能過來就好了，男人的生活中，是不能沒有一個女人的。」說著，張雯也沒問穆廣，就開始動手收拾穆廣放在床上的衣物。

穆廣不好意思了起來，說：「誒，小張，不用麻煩你了，你放下，我明天就讓服務生來收拾。」

張雯說：「穆副市長，您看您，跟我還這麼客氣，我不過是順手幫您收拾一下而已。您在這裏看著，我也不會搞亂了您的東西。」

東西很快就收拾完了，房間頓時整潔了很多，穆廣感激地說：「小張，謝謝你了，這麼看著舒服多了。」

張雯說：「我們不要這樣謝過來謝過去了好不好？」

穆廣笑了起來，說：「也是，誒，小張啊，看你這個樣子，好像很會幹家務啊，在家裏肯定是個賢慧的妻子了？」

張雯臉紅了一下，說：「穆副市長，您真會說笑，我還沒人要呢。」

穆廣訝異地說：「怎麼會？你長這麼漂亮，追你的男人肯定很多。哦，我明白了，是你眼光太高，一般男人看不上是吧？」

張雯說：「哪裡啊，可能我事業心重吧，大學裏我一直忙於學業，畢了業就自己到海川，想要在這裏闖下一番天地。這才剛來海川不久，還在打基礎的時候，哪裡顧得上談情說愛啊？」

穆廣看了看張雯，說：「小張你也不是海川人？」

張雯眼睛紅了一下，說：「我哪裡有這種福氣啊？如果我能生在這個地方，我可能就不需要這麼辛苦了。我家鄉那個地方窮得要死，在地裏辛苦一年賺的錢還不夠我們鄭總吃一頓飯的。我就是不甘心跟我父母一樣的命運，才拼命讀書考上了大學，逃離了那裏。」

張雯的話喚起了穆廣心中的共鳴，他也是苦孩子出身，知道貧苦人家的辛酸。

他點了點頭，說：「小張，你這樣做是很對的，人吶，就是要不甘於命運的擺佈，我家裏小時候就很窮，我也是比別人付出了更多的努力才有今天的。可是我們經過努力，一樣可以過上好的生活，甚至比他們要過得更好。」

張雯笑了笑，說：「是啊，我們都是人，都有手有腳，頭腦也一樣的聰明，我相信不久的將來，我肯定會過得比他們好。」

穆廣鼓勵著說：「有志氣，小張啊，我就欣賞有志氣的年輕人，今後你如果有什麼需要，儘管來找我，能幫忙的，我一定會幫忙的。」

張雯感動的看著穆廣，說：「是真的嗎？」

穆廣說：「我這麼大的一個副市長，難道還會說謊話來騙你嗎？」

張雯連連點頭，說：「那真是太感謝您了。」說著，張雯快速的在穆廣的臉龐上親了一下，說：「您真是我生命中的貴人啊。」

穆廣臉板了下來，說：「你這個小張啊，這不是胡鬧嗎？」

張雯滿臉通紅，低下了頭，說：「我自小就渴望有一個大哥哥能幫我擋風遮雨，今天看您就像我的大哥哥一樣的愛護我，我就有些情不自禁了，對不起啊。」

穆廣說：「好了，沒事啦，不過以後不要這個樣子了，這要叫別人看到，多不好啊？」

張雯心中暗自竊喜：你的意思是不是別人看不到就可以了？還談到以後，是不是你希望跟我常來往啊？嘴上卻說：「我知道了。我要回去了，我租的房子位置比較偏僻，治安也不太好，再耽擱晚了，回去可能就不安全了。」

穆廣看了看時間，說：「這個時候已經有些晚了，你一個人行嗎？」

張雯笑了笑說：「沒事的，我走快一點就好啦。」

穆廣又問：「怎麼還要走回去啊？」

張雯說：「我住的地方很偏僻，最近的公車站離那裏也有兩站遠，不能不走回去啊。」

穆廣說：「怎麼不搭計程車啊？」

張雯說：「我賺的那點錢夠搭幾次的計程車啊？不過穆副市長您放心，我今天會搭計程車回去的，畢竟還是安全第一嘛。」

穆廣懷疑的看了看張雯，他擔心張雯只是說說，離開自己的視線之後，為了省錢還是坐公車回去，便說：「你真的會搭計程車嗎？」

張雯眼神躲閃了一下，說：「穆副市長，您看您，這都懷疑？」

穆廣看到了張雯躲閃的眼神，便知道張雯是在說謊了，便站了起來，說：「這麼晚了，你一個女孩子一個人回去不太安全，我送送你吧。」

張雯慌忙去攔住了穆廣，說：「這怎麼可以，不要，不要，穆副市長，我向您保證，一定搭計程車回去，這下行了吧？」

穆廣笑說：「小張啊，我也是想借機出去看看，實話說，我還沒好好看看海川市的夜景呢。」

張雯低下了頭，說：「您真是一個好人，幫我還給我留了情面。」

穆廣笑笑說：「走吧，走吧，我還真想吹吹夜風呢。」

兩人就出了酒店，穆廣招手攔了一輛計程車，兩人上了車就往張雯的住處趕。

在車上，穆廣問道：「小張啊，海盛置業不是一個很大的公司嗎？怎麼你連宿舍都沒有啊？」

張雯苦笑了一下，說：「公司本來有安排宿舍的，可是有高管見我一個人，就老來騷擾我，我雖然不是什麼貞潔烈女，可也不想做他們的玩物，最後沒辦法，只好躲出來自己租房子住了。又因為出不起多少租金，只好租在偏僻的地方。哎，一個女人在異鄉打拼真是很難啊。」

穆廣憤慨的說：「怎麼會這樣？你說的高管是誰啊？鄭勝嗎？」

張雯搖搖頭：「不是，鄭總倒不會跟我們這些小職員胡攪蠻纏，是下面的一個副總。」

「那鄭勝也不管管？」穆廣問。

「我沒敢跟他說，這個副總是他的親戚，我怕說了，副總沒被處理，我卻被炒了魷魚了。」張雯回答。

穆廣點了點頭，說：「民營企業是有這種弊病，都是用自家的親戚。」

兩人就這麼閒聊著，計程車到了張雯住的地方，張雯下了車，看了看穆廣，說：「謝謝您，我到了。」

穆廣看看眼前黑洞洞的樓道，有點不放心的問道：「怎麼這麼黑啊，樓道沒有燈嗎？」

張雯笑了笑，說：「這裏是很老的樓房了，樓道裏的燈早就壞了，沒事啦，我都習慣了，閉著眼都可以摸著上去的。」

穆廣還是不太放心，便說：「我都到這兒了，不差這一點路，乾脆就送你上去吧。」

張雯忙說：「那怎麼好意思啊？」

穆廣沒說什麼，直接就往樓道裏走，張雯見狀，趕緊走到前面去，說：「這裏還是我比較熟悉，我先走，把手給我，我帶著你。」

穆廣猶豫了一下，但還是伸出手去拉住了張雯的小手。

樓道裏很破舊，不時有住戶放在樓道裏的雜物，需要左躲右閃才行，行進起來就猶如走進了迷宮。

穆廣心中有些不捨，說：「小張，你就住這樣的地方啊？」

張雯無奈地說：「這裏便宜嘛。」

樓倒不高，僅有四層，張雯就是租住在最頂層上。

到了門前，張雯開始掏鑰匙開門，忽然門前不知道有什麼東西一下子竄了出來，張雯嚇得哇的一聲大叫了起來，一下子就撲進了穆廣的懷裏，渾身篩糠一樣的發抖。

穆廣也嚇了一跳，不過，他終究是一個大男人，比女人鎮靜很多，定睛一看，跑過去的東西依稀可以看出是一隻黑色的貓，便拍了拍張雯的後背，說：「好啦，好啦，一隻貓而已。」

張雯依舊瑟縮在穆廣的懷裏，不住地發抖說：「嚇死我了，今天幸虧您送我，不然的話，我真不知道該怎麼辦了。」

說著，張雯可能是自覺可憐，竟然哽咽了起來。

穆廣趕忙安慰說：「好啦，別害怕了，牠已經跑了，你開門吧。」

張雯嬌弱地說：「我渾身一點力氣都沒有了，怎麼辦，開不了門啊？」

張雯小女人的作態更加激發了穆廣的雄風，他笑笑說：「你們女人就是膽小，鑰匙給我，我來開。」

張雯就把鑰匙遞給了穆廣，穆廣接過去開了門，扶著張雯進去，摸索到燈的開關，把燈開了。

再看張雯，已經是滿面淚痕，穆廣趕緊安慰說：「好啦，小張，別哭了，這不是到家了嗎？」

穆廣不勸還好，這一勸更讓張雯傷心了，她哇的一聲大哭了起來，一邊哭一邊說道：「我這是何苦呢，那個高管說願意一年出幾十萬包養我的，我不接受，去這麼苦著自己，還一點希望都看不到，我這是為了什麼啊？」

哭聲在寂靜的夜中分外的響亮，穆廣擔心驚醒其他住戶，趕忙關上了門，這才來勸慰張雯說：「小張啊，你不要哭了，你一定會有個好前途的。」

張雯淚眼汪汪的看著穆廣，說：「穆大哥，你真是一個好人，我遇到你，真是我的幸運。」

穆廣說：「你不要這麼講，其實我們都是窮苦人家出身的，我能夠理解你這種苦悶的心情。」

張雯越發感激，就伸出雙手去攬住了穆廣的脖子，嘴唇就吻住了穆廣的嘴唇。

穆廣有些慌張，想要推開張雯，卻被張雯死死的纏住，推脫不掉。兩人就這樣掙扎的來到了床邊，張雯就把穆廣推到了床上，玲瓏的身子壓在了穆廣的身上。

穆廣也是一個男人，這時再也難克制住自己的欲望，當張雯撕扯他衣物的時候，他也開始撕扯著張雯的衣物。原本兩人穿的就不多，很快就都身無寸縷。

這時，穆廣猶豫了一下，心中在衡量這麼做的風險：如果這樣做，會不會被這個女人纏上？他畢竟是在仕途打拼多年的官員，任何時候想的都是會不會危及他的前途。

但是張雯一句話打消了穆廣的顧慮，張雯看到了穆廣的遲疑，身子就貼了上來，在他耳邊輕聲說：「我不是第一次了，不需要你對我負什麼責任。這個夜晚，我心裏真的很孤單，就是很想要一個真正的男人。」

穆廣當然是真正的男人，他不再遲疑，其實他已經躍馬橫刀，箭在弦上，也猶豫不得了，便一個猛子衝刺了進去，讓張雯忍不住嗯哼了一聲，隨著穆廣的節奏起舞起來。

穆廣一方面想要好好撫慰一下張雯，另一方面，他也想顯示一下自己男人的實力，便在張雯身上格外的用心，折騰好久才停了下來。

張雯嬌喘著抱住了穆廣，說：「你真是好棒啊，哥哥。」

穆廣也抱住了張雯炙熱的身體，說：「小張，你也好棒，還沒有女人能讓我這麼快樂呢。」

休息了一會兒，穆廣覺得懷裏的這個嬌豔的女人已經跟自己有了最私密的關係，自己應該給她一些幫助，他想適當的給這個女人一點什麼，也不讓她白陪了自己一晚，便說道：「小張，你下一步有什麼打算？」

張雯笑笑說：「哥哥，你不用為我操心，我能擁有你一晚就很滿足了，這是上天眷顧我，能讓我在這個時候遇到你。」

穆廣聽出了一絲不祥的感覺，他看了看張雯，心說：這個女人想幹什麼，難道她受不了生活的打擊，想要尋短見？

穆廣問道：「你還沒跟我說清楚，你究竟想要幹什麼呢？你不會是有什麼想不開的吧？」

張雯有些淒苦的笑了笑：「生非容易死非甘，放心吧，我不會那麼看不開的。」

穆廣詫異的說：「那你想幹什麼？」

張雯說：「我想開了，我這麼苦著自己，也是自己找罪受，天亮之後，我就去找那位副總，告訴他，我願意接受他的條件，做他的情婦，幸好我現在還有青春可以出賣，還能換幾個錢將來養老，不要等以後人老珠黃，想要賣給人家，人家都不要。」

穆廣驚呆了，他實在沒想到眼前這個女人在跟自己發生最私密的關係之後，竟然會這麼想。

轉瞬間，穆廣又為張雯不想給他找麻煩而感動了，這個嬌豔的女人把身體給了他之後，並沒有就覺得他應該為她後面的生活負責。這個女人是真的喜歡他的，所以才會這麼為他著想。

女人對於穆廣來說，只要他願意，可以說是唾手可得，但是像張雯這樣一個真心喜歡他，真心為他著想的女人，可就可遇不可求了。他感覺自己如果不為張雯做點什麼，簡直都不配做個男人了。

穆廣說：「小張，你是不是有點看不起我啊？」

張雯愣住了，看著穆廣說：「哥哥，我怎麼敢看不起你啊？你隨便說句話，我費盡全力都辦不成的事情，一下子就辦成了。偷著跟你說吧，我心裏真是很崇拜你，像你這樣的男人是很有魅力的。」

穆廣說：「那你怎麼在跟了我之後，還要跟什麼海盛置業的副總？難道在你心目中，他比我還強大嗎？」

張雯笑了，說：「哥哥，你這是誤會我了，他怎麼會比你強大呢？我想你隨便說幾句話，可能海盛置業都無法開下去了。我這麼做，其實是不想給你增添什麼麻煩，哥哥是一個好人，對我來說是最重要的人，我不想你因為我惹上一些不必要的麻煩，我寧願遠遠地看著哥哥快樂的生活，只要你快樂，我也就快樂了。」

穆廣說：「可是，我一個大男人如果看著自己喜歡的女人去陪別的男人而不管，那我還算是個男人嗎？」

張雯愛惜的撫摸著穆廣的胸膛，有些酸楚的說：

「哥，我知道你愛惜我，但你是副市長，我可不想你受我什麼牽累，我們能在一起一晚，已經是上天對我們的眷戀了，我是知足的，你就當跟一個不知名的女人發生了一夜情，早上起床，我們就各奔東西，忘掉對方好不好？」

穆廣說：「那不行，你已經深深刻進了我的腦子裏了，這麼愉快的感覺怎麼能忘呢，這是不可能的。好啦，你趕緊給我打消去讓什麼鬼副總包養的念頭，如果我一個堂堂副市長連自己心愛的女人都無法照顧，那我這副市長當著還有什麼勁啊？」

張雯看著穆廣問道：「是真的嗎？」

穆廣笑說：「當然是真的了，你要相信我這個副市長還是很有能力的。」

張雯說：「我不是問這個，我是問，我真是哥哥心愛的女人嗎？」

穆廣伸手捏了捏張雯的鼻子，笑著說：「這就更是真的了，我活了這麼多年，還第一次遇到對我這麼好的女人，我再不珍惜你，還算是個男人嗎？」

張雯羞紅了臉，嬌柔的偎依在穆廣的懷裏，說：「那我今後就聽哥哥的安排，哥哥讓我做什麼，我就做什麼。」

張雯嬌羞的樣子讓穆廣心動不已，他再次佔據了那對高聳的玉峰，在張雯耳邊曖昧的說道：「真的我讓你幹什麼，你就幹什麼嗎？」

張雯的臉越發紅了，嬌嗔道：「哥哥真壞，就想些壞事。」

話雖這樣說，張雯滾燙的身子卻像牛皮糖一樣在穆廣懷裏扭動著，惹得穆廣越發情動，哈哈大笑著就把張雯又壓到了身底下，說：「這麼快樂的壞事誰不想做啊？」

說著，穆廣就要再次佔有張雯。

張雯卻抱住了穆廣，不讓他有進一步的行動，嘴裏關切地問道：「哥哥，這一晚上好幾次，你受得了嗎？我們的日子還長著呢，我不想累壞了你的身子。」

穆廣已經灼熱如火了，怎麼肯停下來，便說：「我很久沒跟女人在一起了，早就憋壞了，你就讓我徹底放縱一次吧。」

張雯竊竊笑了起來，笑罵了一句：「死相吧你！」就鬆開了穆廣，讓他長驅直入了。

這一次，張雯更加用心伺候，在穆廣到達興奮的巔峰時，更是緊緊箍住了他。那一刻，穆廣感覺自己跟身下的女人結合得嚴絲合縫，一點縫隙都沒有，讓穆廣嘗到了從來沒嘗過的快樂味道，最後竟然忍不住嘶吼了起來……

癱軟下來的兩人都已經疲憊至極，就這麼相擁著熟睡了過去。

第五章

裙下之臣

鄭勝笑得越發淫邪，說道：「那說明你太誘人了，好啦，說說昨晚戰果如何，穆廣是不是成了你的裙下之臣了？」

張雯得意地說：「他說我是他最心愛的女人，你說他算不算是我的裙下之臣呢？」

穆廣睡著睡著，忽然驚醒了過來，看看時間竟然已經早上六點鐘了，外面已是天光大亮，趕忙爬了起來。

他知道再拖延下去，可能就會有路人認出自己來了，一個副市長凌晨出現在偏僻的郊區，不用說，肯定是做出了某種不可告人的事情了，一定會招來很多議論的，穆廣可是很在意自己羽毛的，因此就想馬上離開。

三兩下穿好衣服，在鏡子前照了照，看看外表並沒有什麼不對的地方，這才去看了看張雯。

張雯昨晚也是體力消耗過巨，此刻正在甜甜的酣睡，穆廣愛惜的在張雯臉龐上親了一下，開門看看走廊上沒有人，這才閃出了房間，匆匆跑下了樓梯。

白天再看這棟樓房，穆廣越發感覺到了它的陳舊，想到一個千嬌百媚的女人為了堅持理想，住在這麼破舊的樓房，卻因為自己一夕破功，穆廣心中不由有些感慨，更不免自得，看來自己雖然已經四十多歲了，在女人眼中仍然魅力十足。而且，這次完全是靠自己的魅力，而不是手中的權力才吸引張雯，這讓穆廣心中更是增添了不少男性的自豪。

不能再讓張雯住這種地方了，穆廣一邊往外走，一邊想道：我穆廣的女人即使不能過上公主一般的生活，起碼也不能讓她這麼受苦啊？要好好佈局一下，安置好這個小寶貝。

穆廣走到街上，街上冷冷清清，他走了好一段路才攔到計程車，匆忙回到了海川大酒店。

穆廣放了洗澡水，在霧氣盈盈中，泡在溫暖浴盆中的穆廣，眼前不禁又浮現出張雯曼妙美好的胴體，他突然覺得自己好像回到了年輕時代，心中竟然有一種熱戀的感覺，連他自己都有些感到好笑了。

張雯很晚才到海盛置業公司來，為了避免露出破綻，鄭勝真的給了張雯一個總經理助理的位置。

剛在辦公室坐下，鄭勝就推門走了進來，看了看一臉疲憊的張雯，邪笑著說：「昨晚被累得不輕吧？」

張雯白了鄭勝一眼，曖昧地說：「你們這些臭男人啊，當我們女人是鐘啊，撞起來就沒完，昨晚我被那傢伙搞了好幾次，差一點就散架了。」

鄭勝伸手扭了扭張雯的臉蛋，笑著說：「那說明你這個鐘太誘人了，這才讓我們的小和尚拼了老命也要撞啊。」

張雯伸手打掉了鄭勝的手，笑罵道：「去你的吧，你們這些臭男人沒一個好東西，見了漂亮女人就像聞到腥味的蒼蠅。」

鄭勝笑得越發淫邪，說道：「是啊，女人那裏是很腥，我們這些男人怎麼會不奮不顧身的撲上去呢？好啦，說說昨晚戰果如何，穆廣是不是成了你的裙下之臣了？」

張雯得意地說：「他說我是他最心愛的女人，你說他算不算是我的裙下之臣呢？」

鄭勝稱讚道：「你這個女人果然厲害，像在那個破地方租房這樣的高招，我可想不出來。」

張雯冷笑一聲，說：「你以為我們女人只能做你們男人的玩物嗎？我這麼做，就是想讓穆廣打從心裏來同情我，他裝正經裝慣了，見到我這麼一個為了理想甘願受窮的女人，怎麼能不憐惜一番呢？」

鄭勝佩服地說：「這一招確實很高，我現在都有點後悔讓你去勾引穆廣了，我怎麼早沒發現你這麼聰明呢，要不然就留你在我身邊幫我了。」

張雯媚笑了一下，說：「現在也不晚啊，只要你想留我下來，我就不管什麼穆廣了，實話說，他的床上功夫離你還是有段距離的，身上還有一股味道，要不是你讓我去陪他，我才不願意去搭理他呢。」

鄭勝被張雯的媚笑弄得心神一蕩，笑罵道：「你個騷蹄子，就不要在我面前放騷了，現在攻下穆廣這一關對我很重要，你把他給我籠絡住了，我隔三岔五會慰勞慰勞你的。」

張雯咯咯笑了起來，說：「這個是你說的，你可別忘了。」

鄭勝看了看張雯，笑說：「你這個女人，有些時候我真不知道是我們男人在玩你，還是你在玩弄我們男人？」

張雯笑了，說：「大家各得其所就好了，一定要分得這麼清楚嗎？」

鄭勝正想說些什麼，這時張雯的手機響了，看看電話號碼是穆廣的，就對鄭勝說：「不要說話，穆廣來電話了。」

鄭勝點了點頭，說：「趕緊接吧。」

張雯就接通了，笑笑說：「哥哥，你走的時候也不跟我說一聲，我醒來的時候，身邊空蕩蕩的，心裏好一陣惆悵啊。」

穆廣說：「你也知道我工作的性質，不能在你那裏待到太晚的，我走的時候，見你睡得很香，知道你昨晚很累了，就沒叫醒你。」

張雯說：「我就知道哥哥心疼我，你在哪裡啊？說話方便嗎？」

穆廣說：「我在辦公室呢，說話當然方便了，不然怎麼能給你打電話呢？」

張雯嬌聲說：「那我跟你說，我有些想哥哥了，特別想你在我身體裡的感覺。」

穆廣聽了，感覺渾身一陣發緊，立時想起張雯帶給他的興奮感覺，便說：「寶貝，我也想你。」

張雯嬌聲說：「哥哥，你不要把我當做一個隨便的女人，我還從來沒跟別的男人說過這樣肉麻的話，可是跟哥哥就不一樣，有些話情不自禁就說了出來，說完之後，我自己都覺得臊得慌，你可別看不起我啊？」

穆廣說：「那怎麼會，其實我也很想跟你說很多肉麻的話，那些話都是由心而發的。我從你那裏離開，心裏一直在想著你呢。」

張雯說：「哥哥別這樣，你跟我不一樣，你有很重要的工作，可不要為我分心影響了工作。好啦，你去工作吧，我掛了。」

穆廣說：「你先別急，我還有話跟你說。」

張雯說：「那哥哥你說。」

穆廣說：「你不要再住在那個破地方了，不安全不說，我去也不方便，你另外找地方，條件要好一些，我不想你再那麼受苦了。」

張雯笑了笑說：「我知道這是哥哥心疼我，可是我還可以撐下去的。至於哥哥來不方便，那以後我們相會就由哥哥定地方，我去找你就是了。」

穆廣說：「你不用擔心租金，租金我會出的。」

張雯假意說：「我不是擔心租金，我是覺得給哥哥你添麻煩了。」

穆廣說：「寶貝，你可是答應過我，以後什麼都由我安排的。」

張雯忙說：「哥哥你別生氣，我聽話就是了。」

穆廣說：「這就對了，你暫時先租房子住吧，以後我會做些安排的，你按照我的計畫去做，保準讓你過上好日子。」

張雯撒嬌說：「其實只要有哥哥疼我，其他我都不在乎的。」

穆廣說：「有些東西還是必要的，我也要為我們的未來打算打算啊。」

張雯便說：「我什麼都聽哥哥的。」

這時，秘書進來跟穆廣說下一個行程的時間到了，穆廣就掛了電話。

鄭勝看張雯掛了電話，笑著說：「你這個騷蹄子，我可以說久經沙場了，可還是被你幾句話說的都動情了，穆廣還不知道會興奮成什麼樣呢？」

張雯笑了，說：「你們男人啊，把柄都被我們女人握著，又怎麼能逃得出女人的手掌心呢？」

北京，首都機場。

傅華載著趙凱夫妻及趙婷坐飛機去澳洲。

趙婷肚子已經鼓了起來，一眼就可以看得出來是個漂亮媽媽了。

趙婷拉著傅華的手，依依不捨地說：「老公，我不想去了，這一去就會有好長時間見不到你了。」

傅華安慰說：「別孩子氣了，我很快就會去看你的，再說，我們也可以用網路視頻通訊啊。」

趙婷說：「都是你啦，非要留戀什麼駐京辦主任的位置，跟我們一起過去多好啊？」

傅華陪笑著說：「別生氣了，你再給我一段時間，我會儘快過去跟你團聚的。」

趙婷無奈的苦笑了一下，說：「那你一個人待在北京，可要照顧好自己。」

傅華說：「謝謝老婆關心，我會的。」

趙婷接著說：「你在北京給我老實安分一點啊，不准去拈花惹草，否則的話，我會休了你的。」

傅華連連點頭，說：「不敢不敢，我一定守身如玉，等到跟老婆你團聚那一天。」

趙婷笑著說：「算你乖。」

傅華看了看趙凱夫妻，說：「爸爸媽媽，小婷就交給你們照顧了。」

趙凱說：「你這孩子，小婷也是我們的女兒，我們比你還疼她呢。放心吧，我們會照顧好她的。」

雖然依依不捨，可是還是到了飛機起飛的時間，傅華將趙婷等人送進了安檢處，在外面招手跟趙婷揮別，知道看不到人了，這才離開。

從機場回程的傅華心裏突然空落落的，他跟趙婷結婚之後就生活在一起，除了偶爾因公回海川之外，從來還沒分開過，突然要好久都見不到面，心裏還真是不好過。

傅華忽然覺得自己選擇暫時留在國內這個決定也許是錯誤的，事業和家庭，究竟孰輕孰重？事業對自己真的這麼重要嗎？打拼事業不就是為了家庭生活更幸福嗎？自己是不是本末倒置了？

幸好自己遇到的是趙婷，趙婷理解他作為一個男人卑微的自尊心，給他足夠的空間，並沒有逼他馬上就移民澳洲。

傅華知道現在只是緩兵之計，他只是把家庭和事業的二者選其一的抉擇拖到了孩子出生之後。但是孩子出生的日期很快就會到來，那時候究竟要怎麼抉擇，傅華心中還真是沒有一個明確的答案。

想到不久就要到一個人種文化都很陌生的異國去重新開始，傅華使勁的搖了搖頭，才暫時打消了那種恐懼的感覺。還是到時候再說吧，所謂車到山前必有路嘛。

這時傅華的手機響了起來，一看是穆廣的電話，趕忙接通了，說：「穆副市長，您有什麼指示？」

「傅主任，你現在在哪裡？」穆廣問。

傅華說：「我在機場回來的路上。」

穆廣哦了一聲，接著說道：「是這樣，有件私事我想拜託你一下，你看合適的話就幫我辦一下。」

傅華笑說：「駐京辦就是為領導服務的，有什麼事您就吩咐吧。」

穆廣有些不好意思地說：「傅主任，你不要這麼說，這純粹是我個人的一點私事，你能不能私下幫我這個忙？」

傅華說：「穆副市長，您還是那麼公私分明，好吧，什麼事？」

穆廣說：「是這樣，我原來任縣委書記時候的一個朋友來找我，說他女兒想在北京辦個公司，問我在北京有沒有熟人，如果有的話，就幫他女兒領領路，跑跑工商局和找辦公室這些事。」

傅華笑說：「就這件事情啊，小事一樁，行啊，交給我了。你讓她到駐京辦來找我就好了。」

穆廣說：「那先謝謝了，我這也是情非得已，那個朋友當初幫了我很大的忙，這次找來，我真是不好推卻。」

傅華笑笑說：「沒事的，這點小事我順手就辦了。」

穆廣就掛了電話。

傅華想，這個穆副市長就是與其他的領導不同，別的領導可能直接就吩咐下來了，你就是不想辦也得辦。穆廣卻表現的這麼不好意思，就像做了錯事一樣。這可與徐正大大不同。

傅華十分願意為這樣的領導服務，像這樣的領導，才是國家官僚系統的希望，只有充分尊重自己手中的權力，才會知道權力的真諦，也才能更好的運用這種權力為市民服務。

晚上，蘇南打電話來，想要傅華陪他吃飯，傅華正好沒事，就和蘇南一起去了曉菲的四合院，曉菲看兩人來了，也跟他們坐到了一起。

坐下之後，蘇南打趣說：「傅華，你現在可好了，沒人管你了。」

傅華沒聽明白蘇南什麼意思，笑了笑問道：「南哥，什麼意思啊，現在能管我的可多了，怎麼說沒人管我呢？」

蘇南笑說：「在我面前還裝糊塗，剛聽人告訴我，通滙集團的趙凱一家辦了移民澳洲的手續，問我想不想也辦手續出去，還說，你岳父一家今天就飛走了。我當時還不相信，心說沒聽你說過這件事啊？傅華，這是真的嗎？」

傅華點點頭說：「是真的，我今天送他們去了機場。」

蘇南看看傅華，說：「這麼說，你也很快就要移民了？」

傅華嘆了口氣，說：「我現在有些猶豫，南哥，你說我移民過去能幹什麼啊？在北京，駐京辦就是我的舞臺，可到了那裡，我的舞臺在哪裡啊？」

蘇南聽了，說：「既然這樣，那就不要移民啊。我就不明白，你岳父對這塊土地就一點感情也沒有嗎？能夠說放下就放下？」

傅華說：「放下是不可能的，他的通匯集團根基在北京，就算移民，他還是要回來經營的。不過，我覺得西方的教育方式比起國內開放自由許多，孩子在那邊受教育會好些，這是我贊同移民的一個原因。」

曉菲不禁盯著傅華，說：「誒，你可真不夠意思，都要移民了，卻一點消息都不跟朋友說。」

傅華笑笑說：「走和不走我還沒做最後決定，你讓我怎麼說？誒，南哥，怎麼會有人跟你談這個？難道你也想移民？」

蘇南搖搖頭，說：「北京就是我的根，我很習慣這裡的生活環境，你不知道，我如果出差到外國待的時間長了，渾身都不自在，可是一回北京馬上就好了，所以我還是老老實實留在這裏好了。」

曉菲在一旁說：「傅華，你不要覺得外國的月亮就比較圓，其實在國外總有一種沒根的感覺，那裏畢竟是人家的地方，你借住在那裏，腰板是硬不起來的。」

傅華看了看曉菲，他從曉菲的眼中看到了不捨，也看到了思念，知道曉菲是捨不得自己離開北京的。

這段時間他很少來四合院，可是他和曉菲之間的這份感情卻沒有淡下來，相反的，壓抑反而讓這段見不得光的戀情變得更加濃厚起來，不光曉菲如此，傅華也有這樣的感覺。

但這總是一段不倫的關係，傅華難以控制自己的同時，也本能的抵觸這段關係往更深處發展，他就在這種矛盾的漩渦之中掙扎著。

傅華說：「這一點我也知道，可是趙婷想要這麼做，我總不能老是夫妻分居兩地吧，而且還是這麼遠的兩地？」

蘇南不以為然：「傅華，雖然你是一個很優秀的人，可我總覺得你身上少了點什麼，可一直也沒想出來你究竟少了什麼。今天我終於明白你身上少了什麼了。你在女人面前太過紳士了，少了那麼一點霸氣。女人需要尊重是不假，可是有些時候你對她們過於尊重，就會失去你自己的意志。」

傅華聽了，笑說：「這一點還好吧？我也沒有女人說什麼我就聽什麼啊？」

蘇南說：「你是沒有女人說什麼你就聽什麼，可是你也沒有表現出你男人的果斷性來，就像這一次，我可以看得出來，你很不想移民，可是趙婷提出來後，你卻不敢堅決反對，只能用拖延的辦法作為緩兵之計。這樣是不行的，到時候你還是要去面對抉擇，去吧，你不情願；不去呢，老婆又已經在那邊等著了，受煎熬的還是你啊。其實這件事情，你一開始就應該表明你不贊成的態度，告訴趙婷你要留在北京，那樣的話，趙婷為了你，也會放棄移民的想法的。」

曉菲贊同地說：「南哥這麼一說，我也覺得傅華身上是有這種弱點，做事猶豫不決，拖泥帶水。就拿移民這件事來說，到時候我看你八成會迫於形勢跟著老婆過去澳洲，可是那樣子，你會生活得很不快樂的。你不快樂，老婆也會快樂不起來，這就害人害己了。」

傅華看了看曉菲，他感覺曉菲是在借題發揮，雖然表面上是說趙婷移民的事，可實際上是在說自己處理和曉菲之間的關係拖泥帶水，一方面不時跟曉菲曖昧著，另一方面卻又裝正人君子，不跟她有進一步的發展，既不了斷又不深入，害得兩人都痛苦。

傅華心有所感，嘆了口氣，說：「可能我的性格就是這樣吧。」

蘇南看了看兩人，笑了笑說：「我怎麼有一種感覺，你們在說的事情好像跟我說的事情好像不是一回事，真是奇怪。」

曉菲和傅華的臉同時都紅了，傅華趕忙掩飾說：「南哥，你也是奇怪，我們在討論我老婆移民的事情，怎麼會不是一回事呢？」

曉菲也說：「是啊，南哥，我們明明說的就是一回事啊。」

蘇南懷疑的看了看兩人，狐疑地說：「反正我覺得你們倆說的話怪怪的。」

傅華笑笑說：「我不知道怪在那裏，好啦，曉菲，今天你們這裏有什麼好料，趕緊跟南哥介紹一下，我和南哥是來吃飯的，可到現在卻一直談什麼移民，連菜都沒點呢。」

曉菲趕忙說：「是我疏忽了，南哥，今天的石斑魚很新鮮，是不是點一條？」

蘇南說：「曉菲，我的口味你是知道的，你決定就好了，我就不點了。」

曉菲說：「那好你們等一下，我去安排了。」

曉菲就出了包間。

蘇南看了看傅華，取笑說：「傅華，如果不是我很瞭解你跟曉菲的個性，我還真會懷疑你們之間有什麼見不得人的事情呢。」

傅華心裏一驚，心說蘇南的眼睛還真銳利，自己這麼遮掩，還是被他看出來自己跟曉菲之間有什麼不對勁的地方。

傅華乾笑了一下，說：「可能南哥誤會了吧，我跟曉菲之間真是沒什麼的。」

蘇南笑笑說：「也是，應該不會的，曉菲是不可能做那種破壞人家庭的事的，你呢，個性上也不允許你做對不起老婆的事情，你們之間應該是真的沒什麼的。」

話題就這樣放下來了。傅華詢問蘇南辦投資公司的情況，蘇南說一切進展順利，傅華就又問蘇南願不願意去海川投資，現在海川的領導很有能力，很適合蘇南去發展。

蘇南笑說：「海川是我的鎩羽之地，還是不要了。你這個駐京辦主任不要老是這個樣子，三句話不到，就拖著人去你們那裏投資，這樣子會讓朋友尷尬的。」

傅華笑了，說：「好啦，不說就是了。」

曉菲安排完菜很快就回來了，三人在飯桌上閒聊一些最近發生的風花雪月的事情，嬉笑間這頓飯就結束了。

傅華和蘇南就告辭離開，傅華車剛開出去離四合院不遠，曉菲就打電話來。

傅華說：「曉菲，我忘了什麼東西嗎？」

「你回來一下，我有話跟你說。」曉菲冷冷地說。

傅華笑說：「什麼事情啊，電話裏不能說嗎？」

曉菲不高興的說：「我讓你回來你就回來，這麼囉嗦幹什麼？」

傅華沒想到曉菲會是這樣一個態度，有點愣住了，陪笑著說：「怎麼了？曉菲，發生什麼事情了嗎？」

曉菲賭氣地說：「你這個人怎麼回事啊？你如果不想來，就不要來了。」

曉菲說完就扣了電話，讓傅華手拿著電話呆了好半天，他怕曉菲真是有什麼事情，趕忙調轉車頭，趕回了四合院。

進了門之後，傅華並沒有馬上看到曉菲，就問服務員曉菲去了哪裡？服務員說曉菲在自己的房間裏，傅華就找了過去。

房間的門關著，傅華敲了敲門，門開了，曉菲探頭出來看看是傅華，一把就把他拖了進去。

房間很小，一下子塞進兩個人，就有些逼仄，曉菲和傅華幾乎是身子貼著身子站在一起。傅華頓時有些發熱的感覺，想要躲開。不過他心中還是關切曉菲的，就問道：「曉菲，你找我有什麼事情啊？」

曉菲卻沒說話，用手抱著傅華的臉，用嘴堵住了傅華的嘴。傅華開始還有些掙扎，慢慢就被曉菲的吻軟化了下來，開始回吻著曉菲。

曉菲見傅華軟化了下來，就開始進一步的行動，伸手去脫傅華的衣服。傅華不想趙婷一走就跟曉菲做這種事情，趕忙抓住了曉菲的手腕，想要制止曉菲的舉動。

曉菲狠狠地瞪著傅華，說：「你給我放開！」

傅華被曉菲凶狠的目光嚇住了，有些心虛的問道：「曉菲，怎麼了？」

曉菲卻不說原因，依舊瞪著傅華，說道：「你給我放開！」

傅華只好鬆開手，曉菲撕扯著就把傅華扒了個精光，然後也褪去了自身的衣物，將傅華推倒在屋裏的小床上，在他身上亂吻起來。

傅華沒想到曉菲會這樣對待自己，這讓他十分的彆扭，渾身僵硬，對曉菲的親吻一點回應都沒有。

曉菲見傅華半天一點回應都沒有，火大了，用粉拳捶打著傅華的胸膛，罵道：

「你不是喜歡尊重女人嗎？怎麼不尊重我啊？我怎麼也算你的女人了吧？我跟你說，我現在想要你，你怎麼就不給我呢？你想要我的時候就要我，不想要我了，就把我放在一邊不聞不問的，你這麼對我，當我是什麼，婊子嗎？婊子被用完了，還應該給點錢補償一下呢，你給了我什麼補償了嗎？」

曉菲說完，再也克制不住自己，大哭了起來。

傅華心疼了起來，趕忙去安慰曉菲，說：「曉菲，你別這樣，是我不好行了吧？」

曉菲邊哭邊叫道：「本來就是你不好嘛。」

傅華看曉菲止不住哭聲，知道這個女人被自己的冷落傷了心，心中也很歉疚，就去抱住了她，說道：「好啦，都是我不好。」

曉菲卻不肯就這麼甘休，她拳腳並用的捶打著傅華，傅華不得不用力才能控制住她，就是這樣，曉菲仍然哭泣著掙扎不已。

傅華心痛了起來，這段苦戀其實根源還是在自己，憑什麼讓這個女人為自己這麼受苦呢？就去吻住了曉菲，曉菲一開始還掙扎，很快就瘋狂的回應著，最終將傅華壓到了身下……

停下來的時候，兩人都很疲憊，對抗耗盡了他們的體力。

傅華說：「曉菲，你今天是怎麼啦？我感覺好像是被你強暴了一樣。」

曉菲嘆了口氣，說：「你這個混蛋就是心硬，都要移民澳洲了，還在我面前不聲不響的，你是不是以為到時候可以甩掉我，一走了之啊？」

傅華立刻說：「沒有，我是還沒作出最後的決定，作出決定後，我會給你一個交代的。」

曉菲心酸地說：「還沒作出決定？除了出去你還有別的選擇嗎？到時候給我一個交代，什麼交代啊？感謝我陪你睡了幾覺嗎？我們的友情長存嗎？」

曉菲說著，使勁踹了傅華一腳，罵道：「你知道嗎，聽到你要移民我是什麼感受啊？以前你在北京，就算我們不能做什麼，想你時總還可以見見面什麼的，我心中還有一絲希望；可是你如果遠走澳洲，我再要見你，可就難上加難了。而且，這個消息還是南哥知道了問你，你才說的，當時我聽到心都涼透了，你這個薄情的傢伙！」

傅華疼得咧了一下嘴，強忍住不叫出聲來，他知道再多的理由都是多餘的，改變不了他將要遠離曉菲的事實。

曉菲說：「你怎麼不說話啊？你不是大道理一套一套的嗎？說啊，看看能不能說服我啊？」

傅華苦笑了一下，說：「我還能說什麼，是我負了你，如果你踢我幾腳能解恨的話，你就死勁踢吧。」

曉菲看了看傅華，說：「怎麼，在我面前裝死狗？」

傅華說：「要不然你想我怎麼樣？」

曉菲長嘆了一口氣，說：「傅華，跟你在一起怎麼這麼累呢？」

傅華痛苦地說：「你累，我更不輕鬆，我們倆的關係本來就是見不得光的。」

曉菲說：「那也不代表我們不可以輕鬆面對這段關係啊，自始至終，我只是想要你陪陪我就好了，從沒向你要求別的什麼。」

傅華說：「可能是我們的人生態度不同吧。」

曉菲說：「問題就在你身上，你做人做事就是有點死板。」

傅華看了看曉菲，說：「曉菲，其實你各方面條件都很好，為什麼不去找一個比我優秀的男人呢？我相信，只要你想要，大把的男人等著追你呢。」

曉菲苦笑了一下，說：「確實，比你優秀的男人很多，可是不知道為什麼，我對他們就是沒有那種感覺。對你，我也想過放棄的，可是到最後，我就是無法走出那一步。也許這就是孽緣吧。」

傅華說：「可是我們總是要分開的，等我的孩子出生之後，我勢必得遠走澳洲，我們這段關係還是要了斷的，到時候你怎麼辦？」

曉菲笑了，說：「我怎麼辦？乾脆我也移民到澳洲去，你說好不好？」

傅華苦笑著說：「只怕到時候我有了孩子，重心會更傾向趙婷那一邊。」

曉菲看了看傅華，說：「總之你就是想離開我就是了。」

傅華煎熬地說：「我如果能乾脆的了斷這段關係，可能早就不會出現在這裏了。曉菲，我也是捨不得你，才會這麼痛苦。」

曉菲輕輕撫摸著傅華的臉頰，說：「有你這句話就夠了，好了，你不用害怕，我不會追去澳洲的，我跟南哥一樣，早就習慣了北京，離開這裏我也會不自在的。」

傅華疼惜地說：「曉菲，是我欠你的。」

曉菲搖搖頭，說：「你不欠我，跟你在一起的時候，我是很快樂的，這就夠了。行了，你也不用耿耿於懷，只要你在離開前的這段時間多陪陪我就好了。」

第六章

最好的春藥

穆廣心中明白，他長得貌不驚人，
張雯之所以會這麼迷戀他，是因為權勢給他罩上了這一圈魅力的光環，
不都說權力是最好的春藥嗎？
有了權力，即使長得再醜陋，也會在女人眼中變得帥氣無比。

第二天，傅華正在駐京辦辦公，高月領著一位年輕小姐到了他的辦公室，說：「傅主任，這位小姐說要找你。」

傅華看了看，眼前的這個女人打扮入時，柳葉眉，瓜子臉，一雙眼睛黑漆漆的，流盼有神，心說：哪來的這麼一位漂亮女人啊？

傅華立即站了起來，問道：「請問你是？」

女人笑了笑，說：「你好，傅主任，我叫關蓮，是穆叔叔讓我過來找您的。」

傅華馬上想起電話中穆廣交代他幫忙的事，看來這個小姐就是穆廣所說的朋友的女兒了，只是沒想到會這麼漂亮。

傅華說：「我知道了，穆副市長跟我打過電話了，請坐。」

關蓮就去沙發那裏坐了下來，四下打量著傅華的辦公室，說：「傅主任這裏的裝修還真是有格調，首都的水準就是要比東海高啊。」

傅華笑笑說：「也沒什麼，這裏是順達酒店統一裝修的，是他們的風格。誒，關小姐，你什麼時間到北京的？怎麼也沒先打個電話過來，讓我去接一下？」

關蓮說：「昨天就到了，關叔叔說怕給您增添太多麻煩，要我自己到時去找酒店住下，然後再來跟您聯繫，所以就沒事先通知您。」

傅華說：「穆副市長總是這麼公私分明，其實到我們海川大廈這裏來，住起來更方便的。」

關蓮笑笑說：「穆叔叔不讓的。」

傅華又說：「關小姐以前沒在北京待過嗎？」

關蓮說：「來旅遊過。」

傅華說：「那關小姐怎麼想到要來北京發展啊？」

關蓮說：「是這樣的，我大學畢業之後一直沒找到工作，父親就給了我一筆錢，讓我自己做點什麼，我想來想去，北京是我們的首都，肯定機會很多，就想過來發展看看。」

傅華問：「那你想做點什麼呢？」

關蓮說：「我也沒什麼計畫，因為我大學學的是建築，就想做個建築方面的諮詢公司，先試試看吧，這個成本不會太高，就算失敗了，我和父親都還能接受。」

傅華看關蓮都籌畫好了，就沒說什麼，只是問道：「那你準備在什麼地方租辦公室呢？」

關蓮說：「我想了一下，覺得在北京的ＣＢＤ地帶找一間辦公室就好，公司草創階段，還不需要太大的辦公場地。」

傅華心想這個女孩子雖然是初到北京來打天下，可是很有主見，肯定是一個野心勃勃的女人。

傅華便說：「看來關小姐早就心有定案了，說吧，需要我幫你辦什麼？」

關蓮笑笑，說：「我對北京的地面還不很熟悉，所以想麻煩傅主任帶我跑一跑，讓我知道該到什麼地方去辦事就好，其他的我自己會去辦的。」

傅華點了點頭，說：「行，我現在正好沒事，就帶你走走吧。」

傅華就帶關蓮去北京商務中心區轉了轉，關蓮參觀了幾處適合租找辦公室的地方，傅華又領著關蓮去了工商局。

出了工商局，已經是中午，傅華說：「關小姐，我請你吃飯吧？」

關蓮笑笑說：「不，還是我請你吧，你陪我跑了一上午了，應該我謝謝你。而且穆叔叔交代過，不要打著他的旗號給駐京辦添麻煩。」

傅華笑了，說：「穆副市長就是這樣子，吃頓飯又沒什麼。」

關蓮說：「不行的，那會給他造成不好的影響的。」

傅華笑笑說：「那好吧，就讓你請客吧。」

兩人就找了一家乾淨的小餐館隨便吃了一點，吃完之後，傅華就把關蓮送回了她住的酒店，又跟關蓮交代說，如果還有什麼事需要幫忙，就打電話找他，就跟關蓮分手了。

回到駐京辦，傅華就打電話給穆廣彙報了關蓮到北京的情況。

穆廣聽完，說：「謝謝你了傅主任，關蓮沒給你添什麼麻煩嗎？」

傅華說：「那倒沒有，關小姐很客氣，剛才還請我吃飯呢。」

穆廣說：「你陪她跑了這麼長時間，她請你吃頓飯也是應該的。好啦，情況我都知道了，謝謝你了。」

傅華就掛了電話。

穆廣想了想，把電話撥給了關蓮。

過了一會兒，關蓮才接通，語調慵懶的說：「哥哥，找我幹什麼？」

穆廣問說：「你怎麼這麼長時間才接電話？」

關蓮陪笑著說：「我剛剛馬不停蹄的跑了一上午，累死了，回飯店就睡著了，怎麼了？」

穆廣說：「沒什麼，剛才傅華打電話來彙報了你到北京的情況，我就想打個電話給你，問一下情況還順利嗎？」

「還行吧，一切都還順利，那個傅華辦事也很盡力，挺好的。」關蓮回說。

穆廣說：「你覺得傅華挺好的？」

關蓮說：「是啊，他安排得很妥當，下面的事情我按照程序走就好了。」

穆廣故意試探著說：「那個傅華可是一個帥哥，你這麼誇他，是不是喜歡上他了？」

關蓮曖昧的說：「哥哥是不是吃醋啦？在我的心目中，哥哥你永遠是最帥的，也是最能讓我高興的。哥哥，我有些想你了，你到底把我打發到北京來幹什麼啊？我留在海川守著你該多好啊，這些事情在海川又不是不能辦？」

穆廣笑笑說：「寶貝，哥哥也想你。你不在海川，哥哥就覺得一點趣味都沒有了。」關蓮說：「那乾脆我回去吧，我不要在北京辦什麼公司了，北京太大了，我在這裏都有一種很渺小的感覺。」

穆廣安撫著說：「寶貝，你別鬧小脾氣了好不好？我之所以費這麼大的周折，給你改了名字，還讓你到北京開公司，不就都是為了我們的未來打算嗎？」

原來這個關蓮就是張雯，穆廣在收納張雯作為自己的情人之後，很快就想出了這一套把戲。

這個千嬌百媚的小情人雖然一直表現的很愛他這個人，而不是他手中的權勢，可是穆廣心中也明白，他長得貌不驚人，女人不會只因為一時需要就愛他愛得要死要活的，之所以張雯會這麼迷戀他，是因為權勢給他罩上了這一圈魅力的光環，不都說權力是最好的春藥嗎？有了權力，即使長得再醜陋，也會在女人眼中變得帥氣無比。

所以，如果要想長遠的將這個女人攏在自己的身邊，必須不斷地用權勢幫這個女人謀取好處。女人都是很現實的，只有不斷地讓她們得到好處，她們才會更加迷戀自己。

但同時，穆廣也不敢毫無掩飾的去這樣做，如果人們知道他為了一個女人亂用權力，他這個副市長的位置就很難保住了。於是就需要靠偽裝，通過偽裝就能不斷地把利益輸送給張雯，又能很好的保護自己。

而偽裝對於穆廣來說，卻是再擅長不過了，他很快就有了一套周密的計畫。

這個計畫的第一步，就是改變張雯的身分。

張雯原來的身分，海盛置業的總經理助理是不合適再使用了。一個地產開發商的助理如果出現在一些重大的事件當中，人們首先就會聯想到利益輸送，聯想到鄭勝這個開發商，進而對整個事件產生懷疑，所以張雯的身分必須改變。

這點對穆廣來說是輕而易舉的，他原來所在的那個縣的公安局長是他一手栽培起來的，要辦個新的身分出來，可以說是舉手之勞。於是張雯就多了一個新的身分，關蓮。

但是僅僅變了名字還是不夠的，還需要給張雯一個能夠正大光明出現在海川商場上的身分，這個新的身分要能夠賦予張雯神秘的色彩，讓人們不知道她的來路，也不知道她為什麼會在海川神通廣大。

這就需要張雯有一個來頭很大的出處。如果張雯是來自北京，那樣子人們就會產生猜測，猜測她的能力也許來自首都裏某個有權勢的大人物的加持。於是來北京辦公司成了一種必要。

原本穆廣並不想讓傅華參與到這件事情裏來，他覺得這件事情知道的人越少越好，可是張雯卻對來北京心有疑懼，這些事情她從來沒有接觸過。她在穆廣面前偽裝自己是一個大學生，實際上，她高中沒畢業就到外地打工了。

現實有時是殘酷的，她打了幾年工之後，發現沒日沒夜的加班才能賺到一點微薄的收入，不但讓她看不到一點未來，也把原本做人的原則消磨殆盡，她感覺到自己也有大好的青春，為什麼不能像別人那樣享受美好的生活？不但不能享受生活，還要把青春無謂的消耗在廠房裏。看有朋友靠出賣身體就能吃香喝辣的，經不起誘惑就下海了。

這樣的人你讓她去做簡單的事，也許還可以應付，可要她到北京這樣一個大都市去一個人註冊公司，跑各種公文程序，心裏是畏懼的，因此張雯便要求穆廣陪她去北京，否則她就不去。

穆廣是副市長，有什麼行程都要跟有關部門報備的，又怎麼能陪著張雯去北京辦什麼工商註冊呢？

想來想去，穆廣就想到了傅華，雖然接觸時間不長，穆廣對傅華的印象還不錯，他覺得傅華是個謹慎的人，行事也很牢靠，不會隨便亂說什麼。特別是傅華遠在北京，跟海川之間有些間隔，也是合適辦這件事情的人，只要不讓他知道的太多就好了。

於是，穆廣就出面拜託了傅華，還特別強調是朋友拜託的私事，好像跟他並無太大的干係一樣。於是，張雯便以關蓮的身分出現在傅華面前。

當然，這一切都是瞞不過鄭勝的，而穆廣也需要鄭勝的配合，就通過張雯幫鄭勝拿了一塊好的地塊，然後讓張雯從鄭勝那裏拿了一筆回扣，這筆回扣正是穆廣準備給張雯在北京辦公司的啟動資金。

鄭勝和張雯之間實際上是早就勾結在一起的，他聽完張雯轉述的計畫，便知道穆廣在北京成立公司，是想讓這間公司承擔起穆廣和商人之間的掮客的角色，有這間公司的過渡，貌似一些不合法的交易就有了合法的外衣，這間公司賺取的只是仲介費，而非行賄受賄的錢。

應該說穆廣這一手是很高明的，鄭勝佩服的同時，也樂觀其成，因為他實際上已經掌握住了張雯這顆棋子，而掌握了這顆棋子，也就是掌握了穆廣將要成立的公司，那時候他就能利用這間公司為自己謀取更多的利益了。

按照穆廣的設想，讓張雯開辦的這個北京公司，可以成為某些公司跟他之間溝通的隱密的橋梁，他也可借此施展一下自己的經營頭腦，為將來的退休生活打下良好的經濟基礎。

穆廣十分明白權力的時效性，當權力在手的時候，你幾乎可以不用錢就得到你想得到的任何東西，可是一旦失去權力，你就會變成一個落寞的普通人，沒有人在乎你曾經是什麼樣的高官，你原來所享受的一切都會離你遠去。這時候你就會明白錢對你的重要性了，這也是穆廣羨慕一些成功的企業家的原因之一，這些成功的企業家從來都沒有退休的問題，他們的財富可以讓他們享受終生。

在羨慕這些成功的企業家的同時，穆廣也覺得自己並沒有就比這些人差，他甚至比這些企業家更聰明。穆廣相信自己能做得好縣委書記，自然也能做得好一個成功的商人，而讓張雯開辦公司，實際上就是這樣一個嘗試，他想把張雯當成一個可以控制的傀儡，借張雯在前臺舞弄，實際由自己經營這家公司，從而讓自己的權力發揮最大的效益。

雖然穆廣說讓張雯為了他們的未來堅持下去，可是張雯並不因此就對自己有信心，她說：「哥哥，你覺得這家公司能行嗎？我以前可是沒做過這種事情啊。」

穆廣笑了笑，說：「我想這對海盛置業公司的總經理助理應該不成問題吧，再說，寶貝，你別忘了，你的背後還有我在呢。」

張雯心中暗自好笑，心說：我那個總經理助理是鄭勝為了設局騙你而臨時封的官，你這個傻瓜還當真了。

張雯便討好地說：「這還真是，幸好有哥哥你在背後支持我。你放心，我會儘快把這個公司辦起來的。辦好了，我就會儘快趕回海川去跟哥哥團聚的。我跟你說，我不在的這段時間，可不准你勾搭別的漂亮女人，知道嗎？」

穆廣笑說：「誰也沒有寶貝你漂亮，我怎麼會去招惹別人呢？」

張雯故意說：「別說得這麼好聽，你們這些男人啊，都是饞貓，見了漂亮女人，沒有不想佔有的，更何況你還是一個副市長，想要跟你搭上關係的女人比比皆是。」

穆廣趕緊保證說：「這一點你放心，我知道這世界上再沒有一個女人會像你這樣對我好的。」

張雯說：「算你聰明。」

穆廣又交代說：「還有一件事情，你辦好公司之後，先別急著回海川，把北京的情況熟悉一下，最好是能學學北京話，要讓人覺得這家公司是一家道地的北京公司，你知道嗎？」

張雯不禁叫說：「辦好了還要我待在北京啊，我會想你的，哥哥。」

穆廣笑了笑說：「好啦，我也想你啊，不過，未來我們需要在北京建立一個根據地，那裏將是你常往來的地方，你還是先習慣一下才好。」

按照穆廣的設想，雖然這間公司未來的主要業務都在海川開展，可是營收將設在北京，穆廣相信，偌大的北京沒有人會注意這樣一家小小的公司，這也就讓他更加安全。

關蓮很快就辦好了新公司的註冊手續，公司名稱訂為「北京重點建築資訊諮詢公司」，她在建外ＳＯＨＯ租用了一間辦公室，又招聘了一名建築科系的女大學生作為職員。

這個女大學生可是貨真價實的大學本科畢業，想到自己竟然能夠雇用一名真正的大學生，關蓮心中不免有些小小的竊喜，讀那麼多書有啥用啊？不還是需要為別人打工？還不如自己這樣靠上了一個好男人呢。

這一切都安排好了之後，關蓮就把傅華請去參觀她新開的公司。

傅華看了看，覺得關蓮的這間公司雖然看上去不大，可是也像模像樣了，便稱讚關蓮說她很能幹。

關蓮笑說：「傅主任，這麼說我做的還行？」

傅華聽出關蓮的口音已經有了一些變化，在不到一個月的時間之內，關蓮的口音已經帶上了一些京味，便笑著說：「關小姐，你還真是入鄉隨俗，這麼快說話就帶上北京味了，看來你真是要紮根北京了。」

關蓮看著傅華，興奮地說：「真的嗎？我說話跟道地北京人像嗎？」

這是關蓮刻意跟周圍的人學的，因此很想知道自己的學習成果如何，尤其是傅華這個在北京生活了很長一段時間的人是怎麼看她說話的口音的。

傅華笑笑說：「很像那麼回事了，不細聽還真聽不出來你不是北京人呢。」

關蓮高興地說：「那就好。」她就好回去跟穆廣交差了。

關蓮知道這間公司實際上在北京是沒有業務的，守著一間這樣沒有業務的公司在北京空熬，實在不是一件有趣的事情。雖然北京有很多好玩的景點，又有很多時尚的商品可以購買，但關蓮手中並沒有多少錢，她和穆廣的如意算盤剛開始打而已，想像中的滾滾財源還沒有成為事實，關蓮在那些頂級精品店裏，口袋空空，只能豔羨的看著而不能出手。

看到心愛的東西不能購買，這對女人來說是一種痛苦的懲罰而非享受，關蓮在北京逛了幾天之後，就再也不願意走進這些裝飾豪華的奢侈品商店了。她渴望趕緊回到海川，迫切地希望儘快撈到更多的錢，那時候她就可以衝進店裡大買特買了。

另外一個人也在盼著關蓮趕緊回海川，就是鄭勝。鄭勝急切的盼望關蓮回海川，是因為他有事情想要關蓮到穆廣那裏做工作。

於是已經在北京待得百無聊賴的關蓮接到了鄭勝的電話。

現在鄭勝對關蓮可不敢再像當初那麼呼來喝去了，而是小心陪笑著說：「我的張大小姐，你在北京玩了這麼久，還沒有玩夠嗎？」

關蓮說：「你又忘了，我已經不姓張了，我叫關蓮，這點你一定要記住。」

鄭勝不耐煩地說：「我不管什麼關蓮不關蓮的，你到底什麼時候能回來啊？」

關蓮笑了笑，說：「怎麼啦？想我了？」

鄭勝邪笑著說：「我是想搞你了，老子搞過的女人當中，你是最帶勁的。」

這倒不是鄭勝覺得關蓮在床上有什麼獨到之處，而是他在跟關蓮胡搞的時候，會想到自己是在搞一個副市長喜歡的女人，這種聯想給了他很特別的刺激，讓他玩起來更別有一番風味。

關蓮曖昧的笑了，她很高興周旋在這兩個男人之間，這讓她感覺是自己在玩弄著這兩個男人，她不但能從這兩個男人身上得到身體上的快感，同時還能獲得物質上的滿足，這種好事何樂而不為呢？

關蓮罵說：「就知道你說不出什麼好話來，說吧，想找我辦什麼事情嗎？」

鄭勝說：「這件事不好在電話上說，最好是你能回海川來，我當面跟你說。我說穆廣究竟是什麼意思啊，他打算要把你放在北京多久啊？」

關蓮嘆了口氣，說：「我在這裏的日子也不是很好過，不過穆廣希望我能在北京多待些日子。」

鄭勝故意說：「該不是你被北京的帥哥迷住了吧？那個駐京辦的傅華可是一個帥哥啊。」

關蓮笑說：「你怎麼跟穆廣一個腔調啊？吃的是哪門子乾醋啊？」

鄭勝壞笑了起來，說：「誰叫我們的口味一致呢，都喜歡上了同一個女人了啊。」

「去你的吧，得了便宜還賣乖。我暫時可能還回不去，你究竟有什麼事情啊？著急的話，我可以打電話給穆廣說一說。」關蓮說。

鄭勝想了想，說：「還是不要了，你在電話裏跟穆廣說，就會讓穆廣知道我們聯繫這麼緊密，那樣他會懷疑我們的關係的。這些官員們的心機都很重，如果產生了懷疑，對你對我都不是一件好事。」

關蓮猶豫說：「那怎麼辦？我想辦法早一點回去。」

鄭勝說：「能這樣最好不過了。」

關蓮問說：「那我想什麼辦法啊？一下子也找不到什麼正經八百的理由。」

鄭勝說：「要不你也別事先跟他說，直接回來算了。」

關蓮說：「那穆廣要問我為什麼回去呢？」

鄭勝獻計說：「你就說想他想到不行了，所以就跑回去了。」

關蓮聽了，笑說：「穆廣倒還真吃這一套。」

於是關蓮就給那個女大學生放了假，自己也沒跟穆廣打招呼，就跑回了海川市。回到海川租住的房子之後，關蓮就先打電話給鄭勝，說：「我已經回來了，你要不要過來一下？」

鄭勝想了想說：「去你那兒不太安全，一旦被穆廣碰上了就尷尬了。你等著，我去接你。」

鄭勝就把關蓮接到了海盛山莊，這個山莊雖然他已經放出風聲要出售，可是一直也沒有人接盤，鄭勝就還暫時住在這裏。

關蓮戴著墨鏡，一副鬼鬼祟祟的樣子，進了房間後才把眼鏡摘了下來，笑說：「我怎麼感覺跟你見面像偷情一樣，挺刺激的。」

鄭勝立即就把關蓮推倒在床上，說：「既然這樣，就讓我先偷一回，別枉擔了虛名。」

關蓮在北京這段時間也寂寞了很久，很快就在鄭勝的挑逗下，像一團泥一樣癱軟在鄭勝的身下了。

完事後，鄭勝問說：「穆廣跟我在床上比起來，誰比較厲害些？」

關蓮笑說：「當然是你啦，你是沙場老將，知道怎麼樣才能讓女人舒服，而穆廣卻總是愛用蠻勁，像老牛耕地似的，一點樂趣都沒有。」

鄭勝滿意地說：「你個騷蹄子，真會說話。」

關蓮問：「你這次找我回來幹什麼啊？」

鄭勝說：「是這樣的，我算了一下這次拿到的土地，基本上去掉了各方面的費用，就沒剩什麼利潤了，所以我有些不甘心。」

關蓮說：「那你想怎麼辦？」

鄭勝說：「我想改一下容積率，你去跟穆廣說說，讓他幫我打個招呼，該付什麼好處給他，我照付就是了。」

關蓮聽了說：「行，我會跟他說的。」

關蓮通知穆廣自己回海川，已經是第二天了，穆廣一聽說她回來了，便有點不高興，說：「你怎麼也不跟我打個招呼就跑回來了？」

關蓮趕緊撒嬌說：「我想哥哥你了，控制不住自己就跑回來了。你生氣了？」

穆廣聽到關蓮說想他了，心就先軟了一半，說：「也不是生你的氣，只是沒想到你會回來。回來了也行啊。」

關蓮嬌聲說：「那你什麼時間過來看我啊，我現在真的很想撫摸一下你寬闊的胸膛，我覺得你的胸毛可性感了。」

穆廣一聽身子便酥了半邊，說：「好啦，我還有工作要做呢，你這麼說，我哪還有心思辦公呢？」

關蓮順勢說：「沒心思正好，你就趕緊過來吧。」

穆廣笑說：「你以為我像你一樣悠閒啊？好啦，晚上我會過去的。」

關蓮甜膩地說：「那好，我會洗得香香的等你啊。」

穆廣接下來的工作就做得心不在焉的啦，他的心思早就跑到了關蓮的家裏，跑到了關蓮身上了。

好不容易熬到了晚上，穆廣匆匆來到了關蓮家裏。關蓮穿著睡衣迎接了他，上來就跟穆廣好一陣的顛鸞倒鳳了一番。

好事做完之後，兩人偎依在一起休息，關蓮裝作閒聊的說：「哥哥，海盛置業的鄭總這幾天給我打了好幾個電話。」

穆廣還在因為剛才的興奮處在一種迷茫的狀態，隨口接了一句：「誰啊，誰給你打電話？」

關蓮說：「海盛置業的鄭總啊。」

穆廣這下子聽清楚了，說：「你跟鄭勝還有聯繫啊？」

關蓮說：「還是有聯繫的，我也不可能完全跟海川這邊斷了聯繫啊？再說，當初鄭總待我還可以。」

穆廣頭腦清醒了些，他看了看關蓮，心中有些懷疑了起來，眼前這個女人不會跟鄭勝有什麼貓膩吧？她跟自己的時候，自己並不是她的第一個男人，那她的第一個男人會不會就是鄭勝呢？

穆廣並沒有表露出自己的懷疑，而是問道：「那他想要幹什麼？」

關蓮說：「他的意思是想調整一下新拿到手的那塊土地的容積率，他說算了一下，如果不調整的話，這塊地他可能就賺不到錢。」

穆廣說：「這傢伙真是貪得無厭啊，那塊地那麼好，又怎麼會賺不到錢呢？是他太貪心，想賺更多的錢才對。」

關蓮說：「哥哥，這也是人之常情啊，誰不想賺得更多呢？你就幫幫他吧。」

穆廣心裏暗自驚了一下，他忽然發現這個自己原來設想的很好的計畫，似乎也不是一點漏洞都沒有，比方說眼前這個女人，她這麼急切的想要去幫鄭勝的忙，是不是她本身就被鄭勝控制了呢？她說這次是因為想他才回海川的，會不會只是一個藉口，真正的原因其實是要為鄭勝說項這件事情呢？

穆廣感覺後背有些發涼，如果真是那樣的話，這個女人所做的一切可能都是鄭勝安排好的，自己等於是掉進了鄭勝早就設好的圈套裏了。

關蓮看穆廣頓了一下，眼神中閃過一絲狐疑，心裏就知道把事情做得太急，讓穆廣對自己產生了懷疑，她也許沒什麼學問，但是一個女人善於把握男人的心理那種本能還是有的。

關蓮反應很快，隨即說道：「哥哥，你如果不想給鄭勝辦就算了，也是我貪心，想早一點賺到錢。」

穆廣看關蓮把責任攬到自己身上去，心中的懷疑稍稍少了一點，如果只是關蓮貪財，那就不關鄭勝什麼事了。便問道：「寶貝，錢可以慢慢賺嘛，你急什麼？」

關蓮說：「其實我是想弄點錢，買間小一點的房子，你不知道，這棟房子的房東是一個很色的男人，每次我碰到他，他總用一種色迷迷的眼神看著我，還說什麼一個人寂不寂寞的瘋話來撩撥我，讓我覺得很煩。再換個房子去租吧，還不知道會遇到什麼樣的房東呢，所以我就想趕快買個房子。是我不好，不該這麼急，回頭我就告訴鄭勝，這件事情不能給他辦了。」

穆廣覺得關蓮的解釋合情合理，而且這個女人在成為他的情人之後，一直也沒提出什麼過分的要求，她現在說想要一棟房子，也很合情理，家是一個人休息的地方，回到家如果還不能讓人安心，那生活得肯定很難受。

穆廣抱了一下關蓮，有些歉疚的說：「寶貝，這不怪你，是我想得不夠周全，我應該早就想到這一點的。」

關蓮笑笑說：「不是啦，其實就是沒有自己的房子，也能過得很好的，而且我相信哥哥將來一定會幫我安排得好好的，這次真是我心急了。」

穆廣說：「你不要這麼說，你是應該買棟房子了，那樣子我出入也方便些。這樣，你告訴鄭勝，他的事情我給他辦了。」

關蓮心中竊喜，嘴裏卻說：「不好吧，我剛剛看你好像很為難，還是算了吧，為了我影響了你，可就不好了。」

穆廣說：「沒事的，寶貝，對我來說，做這件事就是打個電話而已，舉手之勞。再說，總不能讓我的寶貝還要租別人的房子住，我穆廣的女人是應該過上好日子的，我可不想你跟了我還要吃苦。」

關蓮立刻抱緊了穆廣，說：「還是哥哥你疼我。」

第二天，關蓮打電話給鄭勝，講了穆廣答應幫忙的事情，然後說：「近期就不要再找我辦什麼事情了，我覺得穆廣好像對我們之間的關係產生了懷疑，再找他為你辦事，恐怕他會更加懷疑。」

鄭勝說：「這倒是應該注意，好吧，我儘量少找你。」

在穆廣的關照下，有關部門為鄭勝修改了地塊的容積率。

雖然事情做的很隱蔽，但是這世上總是有多事的人，有些人還是很快就知道了這件事情。雖然很多人並不知道這件事情是穆廣從中操作的，可是能修改容積率不是件小事，得有相當能力才能辦到，人們開始覺得曾經失勢的鄭勝又要東山再起了。

鄭勝也聽到了一些這樣的議論，他也感覺到人們看他的眼神變了，心中未免沾沾自喜，再次在人前趾高氣昂了起來。

但是鄭勝的好運氣似乎已經被用盡了，正當他覺得恢復了元氣，可以再重拾往日輝煌的時候，一封舉報信寄到了海川市市委市政府各個領導的辦公室，信中舉報說，山祥礦業董事長伍弈的死就是鄭勝一手策劃的，是鄭勝買凶撞死了伍弈，以報復他在土地競拍中害鄭勝損失慘重。

舉報信中還說鄭勝手下養了一批打手，在海川還收買了一批官員，保護傘眾多，因此才能為所欲為，海盛置業根本就是一家有黑社會性質的公司。

這封信散發甚廣，連保護傘之一的秦屯也收到了一份。秦屯認真的看了看，這封信雖然是匿名的，卻指證歷歷，有根有據，似乎很可信。

秦屯看完臉色就變了，他跟鄭勝之間的關係在海川雖然不是路人皆知，可是海川的消息靈通人士卻都是心知肚明，這封信上說的事情如果是真的，鄭勝判死刑的可能性都有，到時候鄭勝被收審，很難不把自己咬出來，那樣子的話，自己也要跟著完蛋了。

一定要趕緊叫鄭勝做好應對準備，秦屯抓起了電話，就要撥給鄭勝，可是很快他就放下了，如果到時候鄭勝被收押，那他的電話通聯記錄肯定是調查的一個重點，自己這時候打電話過去不是自投羅網嗎？

可是又不能不通知鄭勝，秦屯更想知道鄭勝要如何應對這件事情，不用說兩人是要先串好供詞，結成攻守同盟，只有先把鄭勝的口封死，才能保自己的平安。

不用說，穆廣也收到了這封舉報信，他看著舉報信上的內容，冷汗就下來了，自己才剛剛幫鄭勝改了容積率，鄭勝給的謝金已經讓關蓮買了間小套房，鄭勝如果被抓，肯定會將這些事情咬出來，自己也脫不了干係，這可要怎麼辦呢？

金達也收到了這封信，他看完之後，基本上傾向於信上寫的內容都是真的。殺人是刑事案，金達本來可以馬上把信批給公安部門，要他們偵查破案，可是他知道鄭勝在海川市的能力，尤其是鄭勝和秦屯關係親密，鄭勝如果被收審，秦屯一定會動用一切力量來干擾偵查的。

金達倒不是怕秦屯，可是貿然的批示下去，並不能有助於案件的偵破，說不定反而會被秦屯上下其手，把事情弄得不了了之。

金達躊躇了起來，要怎麼去做，一時沒有了主意。他覺得要查就要查到底，把事情弄個水落石出，可是怎麼樣才能把事情查個水落石出呢？又有什麼辦法保證這件案子不受秦屯的干擾呢。

金達撥了傅華的電話，他想聽聽傅華的意見，尤其是沒有了主意的時候。

雖然是資訊社會，可資訊的傳播也是需要管道和時間的，傅華還不知道這舉報信的內容，聽完金達的陳述之後，他高興的說：「太好了，總算有人肯出來揭發鄭勝了，否則的話，伍弈在地下也不會瞑目的。」

金達笑了笑說：「你先別急著為你的朋友高興，如果是單純鄭勝一個，這件事情就簡單了，可是這後面牽涉到了市委副書記秦屯，我擔心秦屯會干擾這次的偵察。」

傅華心裏明白，這件事情肯定是會牽涉到秦屯的。

鄭勝和秦屯的關係很多人都知道，這次鄭勝如果真被查實，那秦屯肯定也逃脫不掉的。但是要動秦屯可不是那麼容易，秦屯在海川根基深厚，跟上級部門的聯繫很廣，手下也有一批跟他聯繫緊密的幹部，這些幹部遍佈各個部門，公檢法部門中肯定也有他的樁腳，查辦起案子來，肯定會有很多人通風報信。要對付這樣一個人，還真是很難。

傅華問道：「金市長，您現在是什麼態度？」

傅華是局外人都已經顧慮這麼多了，作為一個市長，要考慮的事情會更多，也有可能金達不想查下去，因為這裏面牽涉到的人事關係很多，對於一個上臺不久的市長來說，如果這一次的事件牽連幹部太多，對他的執政會是很不利的。因此即使金達說不查，傅華也是可以理解的，雖然他覺得這樣並不正確。

金達反問：「傅華，你問我什麼態度是什麼意思，你覺得我可能包庇鄭勝和秦屯嗎？」

傅華說：「也不是，不過這個秦屯根基深厚，上通下暢，不太好動他，我怕你打虎不成，反受其擾。並且你剛上任，一下子就做這麼大的動作，也不利於人心的穩定。」

金達說：「確實是，我一時也很難下這個決心，但是我是海川市的市長，算是海川市的主政者，要為海川市的市民考慮。像鄭勝和秦屯這樣的人，已經成了我們海川市的惡瘤，從長遠考慮，還是要儘早割掉才有利於海川的健康發展。我也希望將來海川的市民評價我這個市長的時候，起碼可以說我為政清明。」

傅華心說自己果然沒看錯金達這個人，便笑了笑說：「金市長，您說的太好了，像鄭勝和秦屯這樣的惡瘤是要儘早除掉才對。」

「可是如何能達到這個目的呢，我擔心這件案子交給海川市公安局，秦屯會利用職權阻撓案子的辦理。」金達提出他的顧慮。

傅華說：「這倒是真的，我們如果想要把這個案子查個水落石出，還真是需要謀定而後動。」

金達笑了笑說：「傅華，我打電話給你，是想聽聽你睿智的建議，而不是什麼謀定而後動的廢話，你別這麼空泛好嗎？給我點具體的建議。」

傅華想了想，說：「金市長，您要是覺得對市裏面的司法系統不放心，是不是可以考慮把這件事情範圍再擴大一下？」

金達說：「你是想讓我借用外部的力量？」

傅華說：「有時候有壓力才會有成績，上級部門如果關注這件事情，可能更有助於事件的解決。」

「那要怎麼做啊？」金達問。

傅華說：「要不您跟省領導彙報一下，尋求他們的支持。」

金達說：「這不好，省領導很討厭動不動就把問題上交，並且，現在也沒什麼確鑿的證據能牽涉到秦屯，很多事情還只是猜測，這個樣子就跟省領導彙報，會被批評的。」

傅華說：「要不市裏就放一放，先不要管它。」

金達不解地說：「放一放是什麼意思？」

傅華說：「發出這封舉報信的人肯定是有所企圖的，市裏面如果不去處理，他一定不會善罷甘休，說不定會往上舉報，到那個時候，上級領導不就很自然就知道了嗎？」

「那會不會給省領導造成不認真負責的印象啊？」金達擔心地說。

傅華笑了，說：「像這種不具名的舉報信，查與不查都是可以的。」

金達笑笑說：「你這招可是有點損啊。坐等總不是一個辦法，我還是把這封信批給公安局吧，不管結果會如何，先讓他們查著再說吧。」

第七章

鬥法犧牲品

很多人開始同情鄭勝了，加上某些別有用心的人推波助瀾，
便有謠言說鄭勝是被冤枉的，
鄭勝的死，實際上是金達這個空降派幹部跟本土派鬥法的犧牲品，
金達是拿鄭勝開刀，以對付以秦屯副書記為首的本土派。

晚上，秦屯用公用電話將鄭勝約了出來，兩人去了一家很偏僻的茶館，躲在了包間。

秦屯把舉報信拿給鄭勝看，鄭勝看完之後，神色凝重了起來，這封信的內容基本上把他當初謀害伍弈的情形描述了出來，肯定是知情人才會寫出這樣的信。

秦屯仔細觀察著鄭勝臉上的表情，他想知道信上所說的事情是不是真的，鄭勝陰沉的表情說明，舉報信並不是空穴來風。

秦屯心沉了下去，如果牽涉到殺人，事情就大條了，他說：「鄭總，你跟我說句實話，事情是不是你做的？」

鄭勝這時還在腦海裏思索著是誰寫的舉報信呢，聽秦屯這麼問，他當然不能承認是自己做的，便說：「秦副書記，你還不瞭解我嗎？我怎麼會做出這樣的事情呢？」

秦屯冷笑了一聲，說：「我就是瞭解你，才覺得你會做出這樣的事情。鄭勝啊，我們也一起辦了不少事情了，這件事你可要好好應付，我可不想跟你去坐牢。」

鄭勝看了看秦屯，他知道這個同夥已經開始害怕了，便冷冷的說道：「秦副書記，我也是一條漢子，你放心吧，不論到什麼地步，我都不會牽連你的。出了事，我會一肩扛起的。」

秦屯看了看鄭勝，他心裏對鄭勝的這個承諾不敢完全相信，可是，他也拿鄭勝沒有別的辦法，只好說：「希望你能說到做到。我當初幫你，也是為你好，可不想到了最後被你牽涉進去吃牢飯。」

鄭勝忍不住笑了，說：「秦副書記，你是為了自己撈錢好不好？說得這麼高尚，真是好笑。不過，我鄭勝這個人是有恩報恩、有仇報仇的，你既然幫了我，我就不會害你的。」

秦屯乾笑了一下，說：「那就好，那就好。」

鄭勝說：「不過，還有一件事情你需要幫我一下，這一次舉報信寫得這麼詳細，公安局應該會展開調查的，我知道你在公安系統當中有不少關係，這次事態很嚴重，你一定要動用你的關係，讓他們把偵查的進展多透露一些出來。」

秦屯也知道這次事關自己的生死，必須全力運作才有可能轉危為安，也就不推辭，說：「行，我會安排的。」

鄭勝嘆了口氣，說：「真是倒楣，我剛覺得事業稍有起色了，這檔事又跳出來，看來我真是需要找人看看，是不是我踩到了哪個厲鬼的尾巴了。」

求神問鬼往往是人走到一個窮途末路，失去了主張才會做的事情，鄭勝這個時候想要找人看看，說明他已經亂了方寸，不知道該怎麼辦了。

秦屯心中越發擔心，看了看鄭勝，說：「這時候你可一定要穩住啊，千萬不要自亂陣腳。事情現在還沒到山窮水盡的地步，我估計公安暫時也不能拿你怎麼樣。我研究過了很多案例，好多人最終被定罪，不是因為別人，都是因為自己把自己交代出來才被定罪的。」

鄭勝冷笑說：「你倒是有準備，是為了自己可能進去才研究的吧？」

秦屯尷尬地說：「有備無患吧。」

鄭勝說：「好了，這個道理我早就知道了，坦白從寬，抗拒從嚴，我知道該怎麼做的。」

秦屯苦笑了一下，說：「那就好，那就好。」

秦屯說完，看了看鄭勝，兩人面面相覷，心情都很沉重，都不知道下面該說些什麼，房間內一時陷入沉默。

幾乎在同時，穆廣在關蓮的家裏，把舉報信拿給關蓮，說：「你看看這個。」

關蓮接過信來看了看，她並不清楚這件事情，伍弈出事的時候，她還與鄭勝的圈子沒有什麼關聯。

關蓮看看穆廣，穆廣一臉的陰沉，便小心的說：「哥哥，你是在擔心鄭勝出事嗎？」

穆廣點點頭，說：「你知不知道這件事情究竟是不是鄭勝做的？」

關蓮搖了搖頭：「我只是海盛置業的一名職員而已，根本就不能參與到機密，我也不清楚究竟是不是鄭勝做的。」

穆廣說：「通常這種舉報都不會是空穴來風，伍弈的命案，我來海川之後，多少也聽說了些，伍弈跟鄭勝之間的矛盾是切實存在的，因此鄭勝就更加可疑。哎，我謹慎了半輩子，沒想到會找惹上這個麻煩。」

關蓮問：「哥哥擔心鄭勝最後會把找您的事情交代出來？」

穆廣說：「是啊，現在的人啊，都是沒骨頭的，別看鄭勝平時人五人六的，真要進了監獄，怕也是慫蛋一個，該說的、不該說的都會說出來的。」

關蓮安慰說：「哥哥，你不用擔心，不是還有我嗎？鄭勝辦這些事情都沒直接跟你接觸過，他都是找我，鄭勝如果真說出這些事情，我就把責任扛下來，說是我故意騙他的，你根本就不知道這件事情。」

穆廣愣了一下，他沒想到關蓮這時候會挺身而出，他也慶幸當初自己在與鄭勝之間擺上了關蓮這一道橋梁，這道橋梁就是想要起到跟自己分隔開來的作用，關蓮此時這個表現，說明在關鍵時刻她還是能發揮穆廣想要的那種作用的。

穆廣笑了笑，說：「傻瓜，我怎麼捨得讓你去扛這個責任呢？」

關蓮一副仗義的樣子說：「哥哥，我剛才想過了，這是最好的辦法。你想啊，不論如何，鄭勝如果是真要交代你的話，肯定先要把我供出來，我是逃不過的。如果我把責任扛下來，我們兩個之中還能保住一個，而且我是沒什麼用處的，你才是最重要的，保住了你，我的未來才有保證。」

穆廣忍不住抱了一下關蓮，感激的說：「寶貝，你真是巾幗不讓鬚眉啊。」

關蓮笑笑說：「沒什麼。為了哥哥，我什麼都願意做的。」

穆廣說：「寶貝，你真是對我太好了。不過，事情暫時還沒有到這一步，你不要留在海川了，先去北京避避風頭吧。」

穆廣知道，關蓮是他跟鄭勝之間的關鍵點，找不到關蓮，鄭勝就算說什麼，也是無法牽連到自己的，因此將關蓮留在海川是不智的，將她打發到北京去，未嘗不是一個好的辦法。

關蓮看了看穆廣，說：「我真的還需要去北京嗎？我一個人在那邊會想你的。」

穆廣拍了拍關蓮的後背，說：「寶貝，如果能躲過這一關，我們相處的日子還長著呢。」

關蓮無奈的點了點頭，說：「好吧，我去就是了。」

穆廣交代說：「你去北京之後，把手機號碼換掉，切斷跟鄭勝的一切聯繫，你辦的那家公司暫時先放在那裏，不要去管它，自己找個稍微偏遠的地方租個房子住下，我會把這邊的情況告知你的，一旦沒有了危險，我馬上會讓你回來的。知道嗎？」

關蓮點點頭，說：「我知道了。」

穆廣又說：「還有，不要跟駐京辦的傅華聯繫，總之，不要讓海川的人找到你就好了。」

關蓮說：「好的。」

第二天，秦屯就把公安局負責刑偵的副局長俞泰找到了自己的辦公室。

秦屯語氣沉重地說：「老俞啊，鄭勝被舉報的事情你知道了吧？」

俞泰說：「知道，金達市長已經把舉報信批到了公安局，要我們嚴查，務求將伍弈命案搞個水落石出。」

秦屯說：「老俞啊，這個肯定是別有用心的人誣陷鄭勝的，我跟鄭勝之間的關係你是清楚的，他這個人我瞭解，雖然平日做人高調了一些，但這種事情還是做不出來的。知道為什麼金達要批覆你們公安局嚴查這件事情嗎？這就是一場政治鬥爭，他是想借查鄭勝來打擊我，這都是因為當初上面同時把我和他列為海川市市長的考察對象，我跟他就成了競爭對手，金達這個人很小心眼的，他自然不會放過這種打擊我的機會。」

說到這裏，秦屯便看了看俞泰，接著說道：「老俞啊，你可要明白這裏面的利害關係，不要被人當了槍使。我們這些人，對金達來說，就是海川的本土勢力，他是想借機打擊我們，好建立他自己的權力架構。」

俞泰心裏清楚自己早就跟秦屯是拴在一條繩上的螞蚱了，秦屯找自己來，如此鄭重的交代鄭勝的事情，肯定是鄭勝的事情可能牽涉到他，而且還很嚴重，關乎秦屯的生死。既然關乎到秦屯的生死，也就關乎了自己的生死，這是不用質疑的。

俞泰說：「秦副書記，我明白這裏面的利害關係，您說吧，要我怎麼做？」

秦屯說：「我想你們肯定很快就會對鄭勝展開偵查，你是知道的，像鄭勝這樣的人，可能有很多不太合規的行為，所以嘛，我希望你能充分考慮到社會因素，也為了地方經濟發展，對有些事情能不追究就不要追究，水至清則無魚，對我們的企業家不要太嚴苛了，你覺得呢？」

俞泰聽了這番話，便清楚秦屯是想讓自己儘量放過鄭勝，便笑笑說：「是啊，我也認為對我們的企業家應該多保護。」

秦屯滿意地說：「就是啊，老俞，這件事情呢，我們也要多通通氣，有什麼情況多跟我說說，好嗎？」

俞泰說：「好的，我知道怎麼做了。」

關蓮一早就買了飛往北京的機票，不過，她並沒有完全聽穆廣的話，臨行前，她打了個電話給鄭勝，把穆廣讓她去北京避風頭的情況跟鄭勝說了。

鄭勝聽完，氣憤地說：「媽的，老子這棵大樹還沒倒呢，他們這些傢伙就想學猢猻散了。」

關蓮說：「鄭總，你也不要怪穆廣，這件事情太危險了，他要自保也在情理之中。」

鄭勝氣說：「害怕老子把他們咬出來啊，把老子當什麼人了，你告訴穆廣，老子是一條好漢，不會害幫過自己的朋友的，他的事情到我這裏就為止了，我不會出賣他的。」

關蓮說：「我不能告訴他，我給你打電話也是偷著打的，反正鄭總你保重，我要去北京了。」

鄭勝心裏感覺這個女人還算有些情義，便嘆了口氣，說：「你這時候避一避也是對的，你去吧，我不會再跟你聯繫了。」

關蓮就去了北京，躲了起來。

由於市長金達特別關心這個案子，公安局很快就成立了專案小組，公安局長任專案小組的組長，俞泰因為是分管刑偵的副局長，任專案小組的副組長，伍弈命案再次被重視了起來。

專案小組便開始內查外調，全面偵查案件的各個線索，也找了鄭勝去問話。

鄭勝心裏早就有了準備，矢口否認自己與伍弈的死有關，還說這是對他的蓄意污蔑，是對企業家的迫害，請求公安部門一定搞清事實真相就出在背後煽風點火的那個小人。

專案小組的偵查也沒有取得比以往更深的進展，小組的成員，除了局長之外，基本上都是俞泰的親信，這些人已經得到了俞泰的授意，對案件的偵查睜一隻眼閉一隻眼，能放過去的，就不要深查，自然沒什麼突破性的進展。

案子再度陷入了僵局，這讓金達十分的惱火，雖然他事先已經預料到會有這種結果了，可是他沒想到這種結果會來得這麼快，根本上公安就沒把自己的批覆當回事，還是這麼敷衍了事。

金達感到了一種無形的壓力，這個壓力是來自那些根深蒂固的本土勢力，他們是在用這種方式告訴金達：「雖然你是市長，但是你要把你的理念貫徹下去，還是需要下面的這些人，而這些人並不聽你的控制，他們可以輕易的就把你的指示敷衍過去，你還無可奈何。」

金達自然不甘心這樣受制於人，他想了一夜，最後決定聽取傅華當初的建議，把問題上交，借用上面的力量，把這件事情查個清楚。

金達打算進省彙報，把這件事情跟郭奎說，讓郭奎動用省公安廳的力量來偵查這件案子。

在進省之前，金達把情況先跟市委書記張琳通報了，這是必須要讓張琳知道的。

張琳聽完金達的想法，看了看金達，說：「金達同志，這樣等於是在省領導面前自曝我們海川市的醜事，這好嗎？」

金達說：「我覺得這沒什麼不對的，現在這些人拉幫結夥，營私舞弊，伍弈這樣一件命案都無法查清楚，這樣子下去是不行的。不但組織上政令很難暢通，失去了對局面的控制，也會讓海川市市民對我們這屆班子失望。」

張琳也知道這件案子查不下去，癥結不在鄭勝，而是在市委副書記秦屯身上，他也知道秦屯和鄭勝之間往來密切，查鄭勝必然要牽動秦屯，肯定是秦屯動用了他多年建立起來的關係網，阻止案件的深入調查。

張琳對秦屯也早就一肚子意見了，特別是上次金達選市長的時候，秦屯和鄭勝跳出來推薦原來的常務副市長李濤跟金達競爭，搞得張琳很被動，要不是當時省委副書記陶文老謀深算，運籌帷幄，局面就很可能失控。

但即使後來金達順利當選，省裏面對他的信任也有所動搖，領導們認為張琳沒有完全控制局面的能力，挑市委書記這副擔子還顯稚嫩。這對張琳來說，不能不說是一個很大的打擊。

張琳因此吃了一個啞巴虧，心中對秦屯很是不滿。

不過他對秦屯盤根錯節的關係也是心有忌憚的，而且省委對這次事件的態度也很不明確，只是上調了李濤去做交通廳長，其他官員並沒有任何動搖的跡象。他本來是一個性格偏弱的人，雖然心中惱火，可是仍然忍耐了下來。

現在金達要借用省裏面的力量對秦屯動手，張琳自然是求之不得，因此在金達慷慨激昂的說不想讓海川市民失望之後，便同意了金達的做法。反正出頭的是金達，就算最後無果而終，矛盾的核心也在金達那裏，而不在自己這邊。

金達就帶著舉報信去了省委，找到郭奎，向他彙報了鄭勝的情況，特別提到了鄭勝和秦屯之間的勾結。

郭奎認真的聽完，看了看金達，笑笑說：「秀才啊，你不覺得你這麼做在政治上顯得幼稚嗎？」

金達笑了笑，說：「我猜到郭書記可能是要批評我的。我把問題上交，您一定會認為我沒有掌控海川市的能力，需要省裏面幫助才能解決問題。另一方面，這個市委書記秦屯在海川有著很密的關係網，如果最後的結果是不了了之，我今後的工作可能更加麻煩不斷，難以開展。」

郭奎笑說：「你心裏這不是很清楚嗎，為什麼還要找我來處理這件事情？」

金達義憤填膺地說：「但是，我是人民選出來的市長，不能眼看著像鄭勝、秦屯這樣的惡瘤繼續這麼存在下去，我覺得我有責任替海川市民除掉他們，而不是瞻前顧後，只考慮自身的得失。」

郭奎眼睛亮了，他伸手去拍了拍金達的肩膀，高興地說：「秀才啊，你真是讓我感到驚喜啊，你讓我看到了一個領導幹部的擔當，你在成為市長之後，這麼短的時間就成熟了，確實令我眼睛一亮。」

金達被誇得不好意思的笑了起來，他說：「郭書記，你別這麼說，我這麼做本身就是一種無能，如果我有能力，這件事情我在市裏面就處理好了，就不會來麻煩你了。」

郭奎笑說：「這不是你無能，這是秦屯這些人在海川經營多年的一種必然結果。現在有些官員，真是很會經營自己的地盤，要經營自己的地盤其實也很正常，現在政府事務繁雜，沒有一個好的團隊，任何領導也是無法把事情辦好的，可是問題的關鍵是，你經營自己的小團隊是為了什麼，是為了更好的為人民服務嗎，還是為了一己的私利？如果是為了一己的私利，那等待他們的必然是自取滅亡。這個秦屯，我關注他有一段時間了，上次你選舉的時候，他就很不老實，為了不可告人的目的，暗地裏跟組織對著幹，實際上當時我就想要處理他，可是考慮到其他的因素，暫時就放在那裏，想看看他的後續表現，沒想到他吃了一塹，卻並沒有因此收斂，還在做這種違法亂紀的事情。」

金達看了看郭奎，問說：「看來郭書記是準備支持我了？」

郭奎笑了，說：「你把自己上升到為人民的高度，我敢不支持嗎？那樣子，我這個省委書記豈不是成了不顧人民、只考慮個人得失的昏官了嗎？」

金達不好意思的說：「郭書記，我那也是一時氣憤脫口而出的，可沒有指責您的意思。」

郭奎笑了笑，說：「你不用不好意思了，秀才，官場上是需要你這種對人民有感情的官員的。有些時候必須承認政壇是要講求執政技巧的，可那都是枝節問題，關鍵的核心是出於一種什麼樣的目的來做事的。目的正確，才是在政壇上立足的根本。否則一味的玩弄技巧，雖然可以維持一時，終將難逃失敗的命運。」

金達認真的點了點頭，說：「我明白郭書記的意思，我一定會記住您今天這番話的。」

郭奎笑了，說：「我也不知道這番話應不應該在你面前說，我是很欣賞你這種剛直不阿的個性，我希望你這樣的人能夠在仕途上走得更遠一些。所以，你也不要片面理解我的話，技巧還是需要的，關鍵是要如何把握住尺度，那樣你才能少些坎坷，走得更順些。這些技巧你以後在工作中慢慢摸索吧，秦屯和鄭勝這件事，我會批給省公安廳處理的，算是助你一臂之力吧。」

郭奎表明了態度，省公安廳不敢大意，鑒於海川市公安局調查伍弈命案毫無進展，省公安廳的領導懷疑海川市公安局中有人故意包庇鄭勝，索性另起爐灶，不用海川市公安局的人參與調查，而是直接用公安廳自己的人。

其實案件本身並不複雜，像鄭勝這種智力的人，也設計不出複雜的作案手法，舉報信中也列出了破案的關鍵線索，很快，偵查人員就找到肇事殺害伍弈的凶手，在強大的壓力之下，凶手供出了自己被海盛置業老總鄭勝收買、駕車撞死伍弈的事實。至此伍弈命案宣告偵破。

省公安廳迅疾部署人員抓捕鄭勝，可惜的是，當公安人員趕到海盛莊園要抓鄭勝的時候，鄭勝已經服毒自殺了。

省公安廳領導十分震怒，省廳費了這麼大勁好不容易才找到了一個突破口，沒想到竟然被鄭勝搶在公安廳抓捕他之前自殺了，顯然鄭勝是早就得到了伍弈命案被偵破了的消息，這才搶在被抓捕之前自殺，以逃避公權力對他的懲罰。

整個伍弈命案的偵破過程是高度保密的，那鄭勝又是從什麼管道得到消息的呢？鄭勝這一死，肯定很多秘密就被掩蓋了下來，那又是誰不想讓鄭勝活著被抓到呢？

鄭勝的死讓金達很是被動，開始有人八卦說，鄭勝是被金達逼死的，金達因為鄭勝跟自己叫板，非要把鄭勝趕上絕路，最後抓住了伍弈命案這個把柄，逼迫鄭勝不得不自殺。

中國人向來對死者很尊重，一死百了，就是說死了什麼事都可以了了。人們對死者基本上是持一種同情的態度，很多人便開始站到同情鄭勝的立場上來了，加上某些別有用心的人推波助瀾，便有謠言說鄭勝是被冤枉的，是被誣陷才成為凶手的。鄭勝的死，實際上是金達這個空降派幹部跟本土派鬥法的犧牲品，金達是拿鄭勝開刀，以對付以秦屯副書記為首的本土派。

傅華聽到這個謠言之後，感到十分的好笑，他是很清楚這裏面的來龍去脈，知道根本就不存在什麼金達迫害鄭勝的情況。

他對人們這麼是非不分感到很荒謬，公安廳已經把偵破伍弈命案的情況公之於眾了，為什麼人們不相信鐵證如山的權威部門的說法，反而轉而去相信整件事情是金達搞出來的陰謀？這其中的意蘊真是耐人尋味。

傅華打電話給金達，他認為這時候金達肯定心裏不太好受。

金達接通了電話，說：「傅華，找我有什麼事情嗎？」

傅華說：「我聽了市裏面的一些傳言，就想打電話給您，問一下您還好吧？」

金達苦笑了一下，說：「傅華，在你面前我就沒必要掩飾了，說實話，我心裏很彆扭，明明我是在幫海川剷除毒瘤，結果呢，毒瘤剷除了，卻沒有一個人感激我，反而都在說我的不是。你不覺得滑稽嗎？」

傅華說：「可能是人們都被蒙蔽了吧？」

金達委曲地說：「什麼啊，省公安廳已經公布了伍弈的案情，鄭勝是凶手，證據確鑿，人們可以不相信我，但怎麼連歷歷在目的證據都不相信呢？」

傅華說：「這就是權力部門的公信力的問題了，現在被一些腐敗分子搞得人們對權力部門已經失去了基本的信任，對他們公佈的情況自然是不願意採信的。」

金達無奈地說：「人們反感腐敗這我知道，可他們這麼誤會我，明明是受了腐敗分子的蠱惑，最終得利的肯定是這些腐敗分子。你知道嗎，傅華，鄭勝這一死，多少腐敗分子可以高枕無憂了？」

傅華說：「是啊，多少秘密隨著鄭勝而去了，起碼秦屯是可以睡得安穩了。不過，金市長，你也不用生氣，一個人總是要為他的錯誤行為付出代價的，鄭勝只是個開始。」

金達笑了笑，說：「你這句話我曾經很相信，可是現在我還真是懷疑，不說別的，康盛集團的劉康做了多少壞事啊，現在不一樣在國外逍遙自在嗎？他得到報應了嗎？」

傅華說：「上天自有公理，我想總有一天他會被清算的。」

金達笑說：「傅華，我真不知道你的這種樂觀是從哪裡來的。」

傅華說：「我這不是樂觀，我是堅信作惡者必受嚴懲的。就像鄭勝這件事情一樣，鄭勝是死了，可事情並沒有結束，這裏面還有很多可以追查的線索，我相信繼續追查下去的話，秦屯一定無法逃脫懲罰。難不成金市長您準備就此放棄嗎？」

金達說：「我自然是不會放棄，你說得對，作惡者必受嚴懲，事情不查個水落石出，我是不會善罷甘休的，他們不是說我這個空降派要打擊本土派嗎，那我就給他打擊到底，我不信正氣壓不住邪惡。」

傅華笑了，說：「正氣肯定是能壓住邪惡的。我相信省公安廳肯定不會就這麼草草結案，這裏面太多的疑團沒解開，他們肯定也會想查個水落石出的。」

金達說：「對，你這提醒我了，回頭我去公安廳走走，督促一下他們。」

鄭勝的死讓穆廣大大鬆了一口氣，鄭勝一死，鄭勝跟他之間的往來就只剩下關蓮一個人知情了，他再也不用擔心鄭勝把他咬出來了。

說起來，這個鄭勝也算是一條漢子，在最關鍵的時刻，竟然選擇了結自己的生命來保全大家，實在是夠意思。

對此，穆廣心中不免有些感激之情，這對他來說是一個最好的結果，否則的話，即使鄭勝牙關夠緊，被抓也不交代跟自己的往來，可那總是一個隱患，一個不知道什麼時間會爆發的隱患，只要鄭勝活著一天，穆廣就會擔心一天。

現在好了，這個隱患被徹底的消滅了，再也不需要擔心了。關於關蓮的身分，在海川也再沒人知道了，她可以正大光明的在海川露面，自己的賺錢大計可以正式展開了。

不過，穆廣並不急於馬上就把關蓮從北京找回來，鄭勝的事情還沒塵埃落定，他還想觀察一下事情的後續發展，特別是究竟是誰給鄭勝通報了案件被偵破的消息，這個人的能力肯定不低，否則他也無法從省廳弄出關於鄭勝的情報來。

按照穆廣的猜測，這個人肯定是市委副書記秦屯，因為很多人都說鄭勝跟秦屯關係密切，鄭勝的死，最得利的應該就是秦屯。

但這次穆廣猜錯了，秦屯對鄭勝的死也是一頭的霧水，原本他以為海川市公安局調查沒有了進展，案件就會停滯在那裏，鄭勝也可以確保一時的安全，因此他也就把這件事情放下了。

省廳啟動對鄭勝的調查，由於是對海川方面保密，甚至連鄭勝本人都沒驚動，秦屯也就更不知道了。

秦屯安心的過了些日子之後，沒想到風雲突變，省廳突然要來抓捕鄭勝，而鄭勝就在這一刻突然服毒自殺了，這一切的變化都讓秦屯目不暇接，膽戰心驚。

雖然鄭勝的死，帶走了他們之間的一切，可秦屯並沒有感到多麼高興，心中反而為鄭勝感到一絲悲哀，他們打了這麼多年的交道，多少也有一些類似同志的交情，突然死了，秦屯自然感到失落。

另一方面，秦屯並不認為鄭勝的死就是結束，相反，他認為鄭勝死亡的時間點太過於巧合，早不死晚不死，偏偏在就要來抓他之前死了，在他自殺之前，肯定發生過什麼，讓他不得不選擇去另外一個世界。

而究竟發生了什麼，是秦屯最想知道的。他感覺到很多人看他的眼神中帶著猜疑，似乎發生的事情與他有關，秦屯也覺得自己難逃嫌疑，偏偏他根本不知道這期間究竟發生了什麼事。

悶在鼓裏的滋味是不好受的，因此秦屯並沒有因為鄭勝的死感到絲毫的輕鬆，反而由於事件的不確定性，更忐忑不安了。

北京。

夜已經深了，在事先約好的時間，傅華終於等到趙婷上線了。

趙婷甜笑著說：「老公，今天兒子開始踢我了，這小傢伙真是不老實。」

傅華笑了笑說：「這像你，你就是一個好動的人。」

趙婷呵呵笑了起來，說：「像我最好，我可不想將來兒子像你一樣死板。」

傅華說：「現在怪我死板了？那時候是誰非要嫁給我啊？」

趙婷笑說：「我鬼迷心竅了唄。」

傅華笑罵道：「你這傢伙，真想狠狠扭你一下。誒，你在澳洲還適應嗎？」

趙婷說：「這裏很好，空氣清新，出去一看就是一望無際的大海，比北京好多了。老公啊，我真想你能早點過來。」

傅華無奈地說：「我也想早點過去陪你啊，只是我跟你不同，我還有工作要做啊。」

趙婷瞅了傅華一眼，說：「就會找藉口，誒，老公，你在北京有沒有不老實啊？」

傅華心虛了一下，因為心存歉疚，覺得應該對曉菲有所補償，所以這段時間他不時的會偶而跟曉菲幽會。

傅華立刻說：「我哪有心思啊，我還想早日跟你團聚呢。」

趙婷嘿嘿笑了笑，說：「你最好是給我守身如玉，否則的話，別怪我對你不客氣。」

傅華說：「放心吧，我會老老實實的。」

趙婷看了看時間，說：「好啦，今天就聊到這吧，John還約我去逛一逛呢，我要出去了。」

好不容易通上話，說這麼幾句就結束了，傅華有些不捨，便說：「你就跟我說這麼幾句就要走掉了？還有，John是誰啊？」

趙婷笑說：「John是鄰居家的一個大男孩，比我小一歲，很nice的一個人，挺會照顧人的，他說，懷孕期間最好是多出去走走，所以我這也是為了你兒子好啊。」

傅華叫說：「誒，老婆，你讓我在北京守身如玉，你可別在澳洲給我勾三搭四啊！」

趙婷笑了，說：「知道你老婆的魅力了吧？我就是大著肚子，一樣有男人喜歡我。」

傅華急說：「所以我才緊張啊，你可不能做對不起我的事啊。」

趙婷瞪了傅華一眼，笑罵道：「你瞎緊張什麼啊，你老婆現在肚子這麼大，就是要跟男人跑，也得跑得動啊！好了，不跟你聊了，John在外面叫我了。」

趙婷說完，關了視頻，傅華頓時失去了趙婷的畫面。他是很想跟趙婷多聊一會兒的，可是趙婷玩性十足，根本就坐不住，便嘆了口氣，關上電腦，上床休息去了。

第八章

風暴中心

看來一場大的政治風暴即將在海川掀起，這將是一場你死我活的博弈，
傅華也為金達感到沉重，不過，他並沒有進入到風暴中心區的意思，
他做這個駐京辦主任已經很習慣了，
就算他不移民，他也不想離開北京回海川的。

第二天，傅華一到辦公室，就接到了談紅的電話。

談紅上來就責備說：「傅主任，是不是海川重機重組的事情都與你無關了？」

傅華納悶地說：「沒有哇，怎麼了？」

談紅不滿地說：「那你怎麼一直不照面，也不知道過來跟我們交流一下情況。」

傅華笑說：「市裏面不是跟你們一直有聯繫嗎？讓他們配合你就好了。」

談紅抱怨說：「這不是還有你傅主任參與其間嗎？萬一你不滿意，我們潘總又要批評我了。」

傅華知道談紅還在為上次自己誤會她生氣，便笑了笑說：「談經理，我記得可是跟你道過歉了，你是不是可以放過我一馬啊？」

談紅說：「我才沒這麼小氣，是這樣，你過來一下，利得集團提出了實質性的重組方案，你看看可不可行？」

傅華也很關心海川重機的重組，便說：「好，那我馬上就過去。」

傅華就趕到了談紅的辦公室。

談紅將一份文件遞給傅華，說：「這是利得集團重組海川重機的方案，你看一下。」

傅華接過來仔細看過，方案是海川重機向利得集團發行股票，用於購買利得集團全部的資產，這樣利得集團的資產就會被置於海川重機之中，完成資產置換之後，海川重機將以利得集團經營的資產作為主業，公司也將更名為利得集團。

傅華看完，覺得方案尚可，便點了點頭，說：「還可以。」

談紅看了看傅華，冷笑著說：「這麼說傅主任滿意了？」

傅華心中有些不滿了起來，自己不過是誤會過她一次，有必要這麼不依不饒嗎？便說：「談經理，你不要老是這樣說話帶刺好不好？大家也是各為其主，我為了我們海川市爭取利益又沒什麼錯，那種情況雙方之間產生一點誤會也很正常，我覺得大家還是放開這個，想想怎麼搞好合作才對。」

談紅還擊說：「喲，傅主任怎麼這麼兇啊，是不是我又做了什麼讓你不滿意了？需要我道歉嗎？」

傅華有些哭笑不得，無奈的看著談紅，說：「談經理，你玩夠了嗎？我們可以繼續談公事了嗎？」

談紅冷冷的說：「看來傅主任還真是生氣了，您大人大量，不要跟小女子計較好嗎？」

傅華無奈的搖搖頭，站了起來，說：「談經理，利得集團這份方案我會跟市裏面彙報的，如果沒什麼事，那我就先告辭了。」

談紅看了傅華一眼，說：「那不送了，傅主任。」

傅華也懶得去看談紅，就離開了談紅的辦公室。

一出辦公室的門，正碰到潘濤從外面回來，潘濤笑著說：「傅老弟，這是要走啊？」

傅華點點頭：「剛跟談經理談了點事情，現在談完了，正準備離開。」

潘濤說：「到我屋裏坐一會兒吧？」

傅華本來想要離開，可轉念一想，自己跟談紅現在鬧得這麼僵，肯定不利於這一次重組，是不是跟潘濤談一談，讓潘濤換個人來做這筆業務算了？

傅華便笑了笑，說：「好哇，正好我也沒事，就到潘總屋裏坐一下。」

到了潘濤的辦公室，坐下之後，傅華就試探的說：「潘總，你說我們這筆業務有沒有可能換別人來做？」

潘濤愣了一下，說：「傅老弟，你對談紅有什麼不滿意嗎？」

傅華說：「談經理的業務能力很高，可是她對我似乎很有成見，這樣子下去對彼此都是不利的。」

潘濤笑了，說：「你們還沒和好嗎？」

傅華搖搖頭說：「我已經道過歉了，可是談經理卻依然抓著不放，我真不知道該怎麼辦。」

潘濤笑說：「這我清楚，女人都是有小脾氣的，只要不影響工作，你不要去管她就好了。」

傅華說：「那麼就是說，談紅不能換嗎？」

潘濤猶豫地說：「這個不太好換的，一來整個業務一直是由談紅在做的，貿然換人，新接手的人需要從頭開始熟悉，又要浪費一段時間；二來，這種重組業務本身是高度保密，知道的人越少越好，為了一點點小事就換人，也不利於保密。」

傅華想想也是，便嘆了口氣，說：「那算了，潘總你就當我沒說。」

潘濤說：「人可以不換，不過，你們的關係我來幫你處理一下。」說完，就撥了桌上的電話，說：「小談啊，你過來一下。」

傅華急說：「潘總，你可別告訴她，我來你辦公室是想要求換人的，否則又要跟我發脾氣了。」

潘濤笑說：「放心吧，我不會叫你難做的。」

門被敲響了，潘濤喊了一聲進來，談紅就走了進來。看到傅華在座，愣了一下，說：「你不是走了嗎？怎麼，又到潘總這裏來告我的狀嗎？」

傅華尷尬的看了看潘濤，潘濤說：「小談，你對傅主任怎麼這個態度啊？我跟你說，你可誤會傅主任了。」

談紅看了看傅華，說：「我誤會他？我誤會他什麼了？」

潘濤打圓場說：「你是誤會他了，傅主任來我這裏不是要告你的狀的，他要走的時候正好碰到我回來，就跟我來辦公室坐坐。他跟我說，上次的誤會真是對不住你，就想問我有沒有什麼辦法可以彌補一下。小談啊，傅主任既然這麼有誠意道歉，你看是不是你出個什麼題目，讓傅主任有機會改過？」

談紅說：「這我可受不起。」

話雖這樣說，傅華注意到談紅的嘴角卻已經露出了一絲笑意，顯見她內心中還是很得意的。

傅華便趕緊說：「好啦談經理，殺人不過頭點地，我已經知錯了，你總不能一棍子打死我吧？給我一個機會吧。」

潘濤也說：「小談啊，傅主任話都說到這份上了，你再不原諒他，可就有點超過了。」

談紅瞅了傅華一眼，說：「算你會做人！這次看在潘總的面子上就算了，我也不想出什麼題目了，我們算扯平了。」

傅華笑笑說：「不行，不能就這麼算了，上一次我就想請客賠禮，被潘總堅持要他請，這次你一定要給我這個機會，讓我請兩位吃頓飯，以表達我深深地歉意。」

潘濤說：「小談，這頓飯可一定要吃啊。」

談紅終於態度軟化了下來，說：「好啦，我去吃就是了。」

潘濤笑著說：「那就好，吃了這頓飯，大家就把往日的怨氣徹底給我消除了。」

三人又閒聊了一會兒，看看到了吃飯的時間，傅華就問：「我們去哪裡吃飯？」

潘濤笑說：「這你要問小談，今天她是主角。」

談紅說：「潘總，您在，怎麼也輪不到我做主角啊。」

潘濤笑了笑說：「呵呵，今天可是傅老弟專門請你的，再說，我中午已經有約在先了。」

傅華愣了一下，說：「潘總，你不去啊？」

談紅也埋怨道：「潘總你真是的，不去也不早說。」

潘濤笑說：「我如果早說的話，你們也就不會去了。好了，你們又不是沒單獨吃過飯，我不去也無所謂的。」

潘濤這麼說，傅華就不好說改天這句話了，其實他心裏是有點彆扭的，剛跟談紅鬧了點意氣，馬上就一起去吃飯，感覺十分尷尬。

傅華便說：「那就請談經理點地方吧。」

談紅看了看傅華，她心裏也是有點怪怪的，不過推脫的藉口已經被潘濤堵死了，只好說：「既然是傅主任要請客，那還是傅主任定地方吧。」

傅華想了想，他知道談紅年紀輕輕卻是個老饕，去的飯店太差，這頓飯吃的就沒意義了，想了一遍腦海裏的高級飯店，突然想到了崑崙飯店的上海風味餐廳，那裏的環境優美，口味也很不錯，就說：

「要不去崑崙飯店的上海風味餐廳吧，只是不知道談經理吃得慣上海本幫菜嗎？」

傅華搔到了談紅的癢處，談紅對美食的誘惑是很難抵擋的，上海餐廳她去吃過一次，感覺很不錯，便有了再去第二次的願望，於是笑了笑說：「傅主任還真是有品味啊，那裏的環境真是不錯。」

聽談紅這麼說，傅華就知道她願意了，便站了起來，說：「那還等什麼，我們出發吧？」

潘濤也站了起來，說：「我也到赴約時間了，跟你們一起走吧。」

三人就下了樓，談紅去開自己的車去了，潘濤趁機衝著傅華眨了一下眼睛，說：「傅老弟，小談是很不錯的，我可是給你製造了很好的機會，想辦法把她拿下吧。」

傅華擺擺手說：「這都哪跟哪啊？我不過是想跟談紅搞好工作關係而已。」

潘濤笑說：「處理工作關係有很多方法的，床上處理也是方法之一。我看談紅對你的感覺是又怨又欣賞，正是適合發生點什麼的女人。」

傅華笑說：「潘總，你別亂點鴛鴦譜好不好，小心趙婷知道了找你算帳。」

潘濤不以為然地說：「趙婷不是遠在澳洲嗎？她鞭長莫及，你就把握機會吧。」

這時談紅開了車出來，看到傅華和潘濤還站在那裏說話，便笑著說：「你們不趕緊拿車，在這嘀咕什麼呢？」

潘濤便笑著對傅華說：「那傅老弟再見了。」

傅華跟談紅就去了崑崙飯店上海風味餐廳。

經過長長的走廊進入大廳，兩人眼前豁然開朗，一座高大的殿堂展現在眼前，安裝在兩個巨型天花藻井中的四只產自義大利的水晶玻璃吊燈剔透晶瑩，把橄欖葉花線分割的天花板照得一片輝煌，入門弧形平臺兩側粗獷的火山岩浮雕，展現了古老的歐洲傳統，頂天立地的白砂石柱裝飾著舊銅的柱頭，拖地的長窗簾半掩著窗上精美的花飾，大廳內，白砂石的地面和牆面奠定了整個大廳的主色調，透過大廳邊側高五點二米的金屬玻璃窗，讓客人在盡享美食的同時，還可欣賞到飯店後花園的景象。

傅華想要一間包間，把自己的誠意做足，談紅勸阻說：「算了吧，就我們兩個人要什麼包間？你有錢沒地方花了？好了，我們在大廳隨意吃點就好。」

傅華說：「那不是有點唐突談經理了？」

談紅笑了，說：「你早這麼尊重我，大概今天也不需要請我這頓客了。」

傅華尷尬的笑了起來，正想說些什麼，卻看到一行人前呼後擁走了過來，當中一個人傅華認識，正是當初秦屯拉他在這裏宴會的許先生，想不到這個許先生還真喜歡在這裏吃飯。

被簇擁在人群中心的許先生也看到了傅華，他稍微愣了一下，隨即就裝作根本不認識傅華一樣，跟那群人說笑著就走進包間去了。

一旁的談紅問說：「傅主任，剛才那個人認識你吧？」

傅華說：「嗯，我曾經在這裏跟他吃過飯。」

談紅說：「是什麼人啊？看上去排場很大啊。」

傅華笑說：「說出來怕你不相信，這人是一個道地的騙子，曾經騙過我們海川市的一些領導很多錢。」

談紅詫異的說：「他是個騙子？騙子還能這麼逍遙啊？你騙我的吧？」

傅華說：「你看我的樣子像騙人的嗎？至於他為什麼還能這麼逍遙，這就是這社會的滑稽之處了，老老實實的人只能在底層辛苦打拼，而這些招搖撞騙的傢伙卻可以風光逍遙。」

談紅還是半信半疑，說：「我怎麼看都不覺得這個人是個騙子，你沒搞錯嗎？」

傅華笑了笑，說：「當然沒搞錯了。」

傅華就把自己認識許先生的過程以及後來許先生被海川警方抓獲的情況講給了談紅

聽。

談紅聽完，不可置信地說：「想不到還有這種人，這也是他的本事，靠吹吹牛就可以騙得那些高官相信。」

傅華感慨著說：「這世界上形形色色的騙子多了去了，我們駐京辦身處招商引資的第一線，常會遇到形形色色的騙子，所以有時候難免有些反應過度。」

談紅看了看傅華，笑著說：「你這是在跟我說，你這次只是反應過度，是吧？」

傅華說：「是啊，跟你說，我在招商引資中已經被騙過好幾次了，像當時國內鼎鼎有名的百合集團就就差一點讓我上了惡當，幸好發現及時，才沒有釀成大錯，所以我不得不小心應對工作中接觸的商人。」

談紅搖搖頭，說：「傅主任，你到今天還不明白我為什麼生你的氣，哎，叫我說你什麼好呢。」

傅華納悶地說：「我可能有點遲鈍，那請談經理告訴我，你究竟生我什麼氣呢？」

談紅說：「好，我告訴你，我生你什麼氣。自從我們打交道那一天起，我一直是拿你當作朋友看的，我把我私底下的一面都展現給你看了，帶你一起吃我最喜歡的美食，這是只有在朋友之間才會發生的事情。可是你是怎麼對待我的呢？事情一有了變化，你就懷疑是我在其中搞鬼，甚至連談都不屑於跟我談，這是你的跟朋友的相處之道嗎？」

傅華有些尷尬的說：「我這不是反應過度了嗎？我再次跟你道歉，希望你能夠原諒。」

談紅搖搖頭，說：「算了，也許是我自己考慮事情的角度有問題吧？也或許你根本就只是拿我當一般商業上合作的夥伴，而不是朋友吧？」

傅華聽了，說：「談經理這麼說我就更不好意思啦，其實我也是拿談經理當做朋友的。私下裏我們聊得不是很開心嗎？很多話我在別人面前是不會說的。」

「好啦，我們把話說開了就好了。」談紅釋然說。

傅華說：「那點菜吧，你看要吃什麼？」

談紅問：「這頓飯是你自己掏錢請客吧？」

傅華點點頭，說：「這是我私人道歉的飯局，自然沒有公家掏錢的道理。」

談紅笑說：「那我可要好好宰你一頓了。」

傅華說：「這是我甘願受罰的，你不要客氣就是了。」

談紅還真沒客氣，點了松茸乾燒魚翅、遼參東坡肉等招牌菜色，兩人就開始吃了起來。

吃了一會兒，傅華問道：「談經理，你說你從國外回來不久，能跟我說說在國外生活的感受嗎？」

談紅笑說：「你老婆移民到澳洲去了，你問這個，是不是也準備很快就過去啊？」

傅華說：「是有這個想法，所以想問問你國外的感受。」

談紅想了想說：「國外的生活怎麼說呢？其實在物質方面，像北京這樣的大城市，還有你這種身分，跟他們也沒太大的差別。」

傅華笑笑說：「我不是說物質享受方面，我是想問你在那裏生活，內心的感受如何？」

談紅說：「實話說，不是太好，看到身邊都是一個個老外，你就會覺得你是在人家家裏，心裏總有一種不踏實的感覺。其實，我覺得你們很奇怪，你們夫妻不是那種物質匱乏的人，根本不需要移民到國外去改變什麼的，怎麼會想起移民來了？」

傅華笑了笑，說：「我老婆喜歡澳洲，是她想要過去。」

談紅看了看傅華，說：「我看你不是很情願的樣子，這個豪門駙馬爺不好當吧？」

傅華說：「是有一點，不過這不關什麼豪門不豪門的事，家家都有本難念的經。」

談紅笑笑說：「別掩飾了，如果你只是娶一個普通的女孩子，你不情願移民，肯定不會讓你老婆出去的。」

傅華心裏也不得不承認，自己是越來越屈服於趙婷的壓力了，便笑了笑沒說話。

這時，傅華看到許先生從包間那邊出來了，只是這次他沒有來的時候那麼趾高氣昂，而是被兩名男子夾在中間，低著頭灰溜溜地往外走。

傅華還注意到，許先生雙手很不自然的伸在身體的前面，上面還蓋著一件不知道是誰的衣物。原來許先生再次被捕了。

傅華招手讓服務員過來，低聲問道：「剛才那是怎麼回事？」

服務員回說：「是那個客人涉嫌詐騙，被公安機關逮捕了，不好意思，影響您就餐了。」

傅華點了點頭，說：「沒事，你去忙吧。」

服務員退開後，談紅笑了笑說：「剛才還說這傢伙逍遙快活呢，沒想到報應馬上就來了。」

傅華說：「這種人到處行騙，早晚會受到懲罰的，上一次只是被他僥倖逃脫，他不但不收斂，還繼續這麼招搖，肯定是會倒楣的。我始終堅信，作惡的人必然會為他們的行為付出慘重的代價。」

談紅打趣說：「傅主任這是在警告我嗎？」

傅華笑了，說：「我可沒這個意思，純粹就事論事而已，沒有旁敲側擊的意思。不過，談經理如果沒有做過虧心事，大可不必害怕，你說是不是啊？」

談紅笑說：「這倒是我給你話柄了。」

吃完飯後，傅華回到駐京辦，撥電話給金達，把利得集團的重組方案跟金達講了，金達基本上也同意這個辦法。

說完海川重機重組的事情，傅華又提起了今天看到許先生被捕的情況，然後說：「我估計這次秦屯跟許先生的事情再難遮掩下去了。」

金達說：「秦屯的劣跡不僅僅這麼一點，現在看來，問題可能要比已經暴露出來的嚴重得多。」

傅華愣了一下，說：「是不是鄭勝死亡的事情有了什麼新的發現了？」

金達語帶玄機地說：「傅華，你挺敏感的，一下子就找到了問題的癥結。不過現在事情還在保密階段，我不方便跟你說什麼。」

傅華說：「是這樣啊。」

金達又說：「傅華，不久之後，可能海川政壇將會有一場大地震，你非得移民嗎？要不然回海川來幫我吧，我現在真的很需要一些能幫得上忙的人。」

傅華有一種山雨欲來的感覺，看來一場大的政治風暴即將在海川掀起，這將是一場你死我活的博弈，傅華也為金達感到沉重，不過，他並沒有進入到風暴中心區的意思，他做這個駐京辦主任已經很習慣了，就算他不移民，他也不想離開北京回海川的。

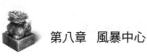

傅華笑了笑說：「不行的，金市長，我不想回海川。」

金達心裏有些不高興，如果換了別人，他可能早就用命令的方式逼迫他回海川任職了，可這是傅華，他們之間有一份朋友的情誼在，而且他也知道傅華的性子，用權力去壓迫他，結果可能適得其反。

金達有些不甘心的說：「反正你就在一旁看我在火上被人家烤吧。」

傅華推辭說：「金市長，您也知道，我是不願意捲進這些複雜的政治紛爭中去的。」

金達嘆了口氣，說：「我不強人所難了。」

傅華掛了電話，這一邊金達神色凝重的看著窗外。窗外風和日麗，十分的美好，可金達的心情並沒有受到這美好天氣的感染，反而十分的沉重。他現在正承受著莫大的壓力，而且沒有多少人站在他這一邊，他有孤立無援的感覺。

這也是為什麼金達明知傅華很快就要移民澳洲，卻仍然開口想要他回來幫自己的原因，他實在太孤單了，甚至跟市委書記張琳之間也產生了分歧。

分歧就在鄭勝自殺這個案子上，說起來，還是伍弈這個命案的延續，省公安廳很快就發現了新的線索，找到了給鄭勝通風報信的人，這個人竟然是海川市公安局分管刑偵的副局長俞泰。

俞泰的一個同學也在省廳搞刑偵工作，是省廳成立的伍弈命案專案小組的成員。

俞泰從省廳一開始成立伍弈命案專案小組的那一刻起，就知道了省廳並不相信海川公安局的偵查結果，也沒有放棄追查鄭勝這條線索。

俞泰當然知道自己在伍弈命案的調查中是動了手腳的，案件如果被偵破，恐怕第一個跟著鄭勝倒楣的就是自己，他可不敢就這麼對專案小組置之不理，就開始密切的注意整個專案小組的行蹤。

那個同學跟俞泰關係很鐵，不時跟俞泰通風報信。案件獲得突破，確定凶手就是鄭勝時，俞泰也在第一時間得到同學的通知。

俞泰知道事態的嚴重性，趕忙去找到了鄭勝，把省公安廳準備來抓他的情況跟他說。俞泰的本意是想讓鄭勝趕緊逃走，避免被省廳的人抓到。沒想到鄭勝聽到這個消息之後，慘笑了一聲，說：「這幫王八蛋，真的要逼我走上絕路啊。我不走，我能走到哪裡去啊？」

鄭勝猶豫了一會兒，就在俞泰面前服毒自盡了。他可能早就料到會是這個結果，事先就備下了氰化物，準備自我了結。

俞泰看鄭勝竟是如此決絕，不敢多待，匆忙就逃離了現場。

這個經過是俞泰後來被抓之後交代出來的，由於鄭勝已經死亡，死無對證，所以鄭勝究竟是怎麼死的，就成了一個說不清楚的事情。究竟是不是自願自殺，還是被逼迫自殺，就很難證實了。

俞泰之所以會被抓獲，是省公安廳在金達的督促和省裏領導的雙重壓力之下，加大了偵查力度，發現了俞泰在抓捕鄭勝之前的行蹤很可疑，就圍繞著俞泰展開偵查，很快就找到了俞泰的同學身上，幾番攻心的審訊之後，俞泰的同學終於承認自己給俞泰通風報信的事實，俞泰也因此被抓獲。

案件到此算是進展順利，可接下來麻煩就來了，俞泰供說，他之所以會通知鄭勝，是因為市委副書記秦屯交代他要關照鄭勝，秦屯擔心他跟鄭勝之間的很多交易會被曝光，因此要俞泰多注意伍弈命案的進展。於是秦屯又被俞泰咬了出來。

可是接下來要不要對秦屯採取措施，省裏面的領導們產生了嚴重的意見分歧，一些領導認為應該及早剎車，不要再繼續追查下去了，如果追查下去，牽涉幹部太多，會引起海川政壇的地震，那將會對海川政務的穩定很不利。

另外一些人則認為除惡務盡，不管牽涉到誰，必須一查到底，否則無法給老百姓一個交代。

張書記是剎車派，他是想保護海川市的廣大幹部，他知道秦屯在海川的根基紮得很深，一旦動了秦屯，可能海川市一大批幹部都要受到牽連，因此主張不要動秦屯為好。

另一方面，他心中也有一些自私的想法，這次事件跟當初市長徐正出事的那次不同，那次出事只牽涉到徐正一個人，對海川政壇的影響不大，這次則可能牽動整個海川政壇，而他這個市委書記是海川政壇的一把手，對這麼大的案件將有不可推卸的責任，他不想嚴查下去最終影響到自己。

金達則是嚴查派，一來是他的個性使然，再者，他也敏感的意識到這是他在海川政壇樹立威信的好機會，他可以借此整頓一下海川官場，清除一些腐敗的官員。

這算是金達和張書記之間第一次產生根本性的分歧，雙方各自堅持自己的主張，互不相讓，金達因此感到壓力很大。

一直以來，張琳都是很支持他的工作的，可以說是合作無間。可這件事情上，張琳偏偏不肯有絲毫讓步，即使金達跟他說明了自己堅持的理由也沒法改變張琳的態度。

一些風言風語就開始因此而起，各種謠言滿天飛，海川市的官員們基本上是人人自危，所有怨氣都集中到了金達身上，大家都認為是這位鐵腕市長對本土派的打擊和報復，並紛紛傳言金達是想藉此建立自己的一派勢力，因此對秦屯這些本土派的打擊不遺餘力。

反正說什麼的都有，讓金達不勝其煩。

金達明白這是一場你死我活的博弈，自己絕不能妥協，一旦妥協，以秦屯這些分子為首的本土派就會捲土重來，自己的執政理念就會被他們重重阻擾，無法推行下去，自己可能就會被搞得在海川沒有了立足之地。

即使不情願，金達感覺還是需要尋求郭奎對自己的支持，這件事情只有郭奎表態支持自己，自己才能獲得勝利。而自從俞泰被抓之後，郭奎還沒有公開對這件事情發表什麼意見，態度很模糊。

金達打電話給郭奎的秘書，詢問郭奎什麼時間能夠見見自己，秘書問了一下，郭奎讓金達第二天上午去省委辦公室見他。

金達連夜趕往了省城。第二天一早，郭奎在辦公室接見了金達。

郭奎說：「秀才，這麼急著見我幹什麼？」

金達苦笑了一下，說：「我又跑來尋求您的支持來了。」

郭奎笑了，說：「是不是秦屯的事情啊？這段時間是不是備受壓力啊？」

金達點頭說：「是，現在我在海川政壇上很是孤立，好像人們都不支持我。」

郭奎笑著說：「你以為一個清官是那麼好當的？」

金達說：「我不覺得清官好當，可也沒預料到會這麼難。這一次甚至連張琳書記都不支持我。」

郭奎看了看金達，說：「你是說，這一次連張琳同志也不願意動秦屯？」

金達說：「是，反正他跟我的意見有分歧。我這次來，就是想問問省委的態度。」

郭奎看著金達，問道：「秀才啊，你希望我是個什麼態度啊？」

金達說：「當然是嚴查到底，懲處腐敗分子了。」

郭奎笑了笑，說：「可是你要明白，真要嚴懲這些人，可就牽動了各方面的利益，這樣各方利益的反撲也會很厲害的，到時候你的工作恐怕會更難推動。張琳同志不願意動秦屯，可能也是顧慮這一點吧？」

金達搖搖頭說：「我不怕，如果對這些人稍有姑息，他們會變本加厲的，一定要予以嚴懲。」

郭奎笑了，說：「秀才啊，我原本以為你書生論政，會很柔弱，沒想到你個性中還有這麼頑強的一面。」

金達說：「書生頑強起來，勇氣和作為不會差於一個衝鋒陷陣的勇將的，古代的藺相如就是一個例子。」

郭奎笑說：「怎麼，你也準備學藺相如血濺五步來要脅我嗎？」

金達趕緊說：「那我哪敢，我只是舉個例子而已。」

郭奎說：「行啊，秀才，我被你說服了，原本這些天我都在想是不是要下這個決心，現在我決定了，對這些腐敗分子絕不姑息。你回去吧，我會把省委的意思跟張琳同志說的。」

第二天，在海川市市委的書記會上，張琳、金達和秦屯都出席了。

此刻張琳和金達已經知道省紀委馬上就要對秦屯採取雙規措施了，張琳看了看秦屯，笑笑說：「老秦，你有什麼事情要通報的嗎？」

秦屯愣了一下，一般情況下，很少有讓他先發言的時候，這就有些反常了，聯想到最近發生的一些事情，他開始隱隱不安起來，是不是省裏要對自己採取什麼行動了？

秦屯強自鎮定，把自己要講的幾件事情講了，然後張琳和金達也講了各自所要通報的事情，會議似乎進行的很正常，秦屯的心稍微放下了些。

這時，張琳的秘書進來，在張琳耳邊低聲說：「省紀委的同志來了。」

張琳站了起來，對秦屯說：「老秦啊，今天的會議就到這吧，省紀委的同志有事情要跟你談。」

秦屯臉色頓時變得煞白，他看了看張琳，又看了看金達，然後指著金達說：「張書記，你要小心些，姓金的今天能這麼對待我，他日也能這麼對待你。」

張琳說：「老秦啊，這不關金達同志的事，你有今天，是你自己的行為導致的。」

秦屯冷笑一聲，說：「這根本就是政治迫害，我做錯了什麼啦？我什麼都沒做錯。」

金達站了起來，說：「秦屯，你不要以為鄭勝死了，你跟他之間的一些見不得人的交易就沒人知道了，你肯定要為你的行為付出代價的。」

秦屯說：「真是好笑，你說我？要說我腐敗，那整個官場都是腐敗的。現在的國情不就是腐敗分子反腐敗嗎，不都是腐敗分子提拔腐敗分子嗎？根本上就是你姓金的非要整我不可才對。好哇，你不是想我交代嗎？我給你交代個三天三夜，隨便我都能給你交代出百八十人來，我把海川官場翻個個，我看你這個市長要怎麼當？」

金達冷冷的看著秦屯，說：「你不用來威脅我，腐敗分子本來就是應該受到嚴懲的，你如果能主動交代更好，那我們就能將海川政壇上的腐敗分子一網打盡，還百姓一個清淨。」

秦屯叫說：「姓金的，你也不用囂張，我知道我秦屯是完了，不過你也不會有好下場的，等著吧。」

這時，會議室的門打開了，紀委的工作人員走進來，跟秦屯宣布對他雙規，隨即將他帶走了。

秦屯離開時，絲毫沒有沮喪的樣子，反而挺直了腰板，衝著張琳和金達喊道：「你們兩個王八蛋，聯起手來迫害我，你們等著吧，你們會有報應的。」

秦屯被帶走了，金達看了看張琳，苦笑了一下，說：「張琳同志，你說這不是莫名其妙嗎？秦屯這樣一個腐敗分子哪來這樣的底氣跟我們叫板啊？」

張琳神色黯然地說：「他的底氣來自他盤根錯節的關係，金達同志，你不要以為抓了秦屯，你就獲得勝利了，麻煩事還在後面呢。如果真像他所說的那樣，揭發出百八十號官員，我們海川政壇就地震了。」

金達心知張琳到這時還是不十分贊同處理秦屯的，便笑了笑說：「放心好了，張琳同志，這樣更好，他交代出來一個，我們處理一個，還省得紀委的同志麻煩了。」

雖然秦屯並沒有像他所說的隨便就交代出百八十人，可是陸陸續續也供出了自他之下的十幾名官員，還有一些在東海商界有頭有臉的商人，這些官員和商人都是因為某種情況曾經行賄過秦屯的。

秦屯這一派系因此遭受重創，海川市政壇也因此人人自危了一段時間。

但事情總是會過去的，這一場風波來得快，去得也快，很快海川政壇就平靜了下來。張琳和金達開始填補因為秦屯揭發而造成的官員的空白，官員們很快就忘了秦屯是怎麼樣被抓的事，又開始為了牟取更高的職位而私下活動起來。

一雞死一雞鳴，官場就是這樣更替的，新的官員走上了新的崗位，又開始展開他們或廉潔或腐敗的仕途行程。

重創了本土派，金達的威信在海川樹立了起來，人們清楚的看到金達背後站著省委書記郭奎，有郭奎強力的支持，沒有人敢再來挑戰金達，很多人在心裏都認為，金達未來肯定會接替市委書記的位置。

一些有前瞻性的人便開始聚集在金達周圍，甚至連張琳對金達也是禮讓三分，在很多事情上都尊重金達的意見。

張琳是這次秦屯案另一種意義的利益受害者，從海川市市長選舉出現紕漏到這次秦屯被抓，張琳的表現都是差強人意，郭奎心中隱隱感覺這個張琳的個性太軟弱，能力稍嫌不足，無法掌控海川市的全局。

郭奎心中一度起了要換掉張琳的念頭，他相信這個幹部如果放到一個廳去做廳長，能力綽綽有餘，但要掌控一個幾百萬人的城市，就顯得捉襟見肘了。

不過，金達雖然這段時間表現亮眼，卻資歷尚淺，貿然把他提到市委書記的位置上，可能有點揠苗助長，並不利於他的成長，若是另派一個新的市委書記去海川，短期之內又很難跟金達磨合到位，也不利於海川市的經濟發展。

考慮到這些因素，郭奎最終決定，還是保留這個市委書記比較好，他的偏弱正好跟金達鋒芒畢露形成一種互補，相信經過秦屯這一案，張琳會更讓著金達，金達在海川也就有了更大的表現舞臺，更有利於他的成長。

金達和秦屯的這場爭鬥，穆廣一直在冷眼旁觀，一方面，他顧忌秦屯可能知道自己和鄭勝之間的往來，從鄭勝跟秦屯的關係親密程度來看，並不是沒有這種可能；另一方面，他也並不想得罪海川的本土派，即使金達有省委書記的支持，他的執政還是要在海川這片土地之上，他也還是需要海川這塊土地上的人去配合他的行動，因此過分的打擊本土派是並不明智的。

同時，對曾經做過一個縣的縣委書記的穆廣來說，他也渴望在海川建立自己的人脈，在這個時候保持中立，會讓失勢了的本土派主動向他靠近，他就可以接收一些秦屯殘餘下來的勢力，形成一股在海川立足的力量。

所以這一次的兩派爭鬥對穆廣來說更是一次機會，他心中暗自感激金達的鐵腕，金達鐵腕反腐，給穆廣在海川政壇騰出了紮根的土壤，讓他可以趁機擴展自己的實力。

現在秦屯案件已經告一個段落，秦屯並沒有提到任何有關鄭勝和穆廣之間的往來，穆廣放下心來，他覺得可以把關蓮召回海川，他要在海川大展拳腳了。

還有另外一個人也需要找來，那就是東海雲龍公司的錢總，穆廣想要利用關蓮在海川展開一些商業方面的運作，離開錢總這樣的商人顯然是不行的。

第九章

閃亮登場

錢總說話的時候，還回頭向那位跟著他來的漂亮女士點頭示意。
原來這個女人就是穆廣的情人關蓮，
穆廣跟錢總事先做了溝通，決定借這個酒會，
讓錢總向海川商界介紹關蓮的身分，好讓關蓮在海川商界閃亮登場。

海川，原來的海盛莊園，現在的東海雲龍莊園的宴會大廳，海川市政商兩界的風雲人物濟濟一堂，東海雲龍公司要在這裏舉行雲龍莊園的開張酒會。

海川商界也受秦屯一案的牽連，一些曾經風光的商人都受到了打擊，商界因此蒙上了一層陰影，有好一段時間沒有舉行過這樣盛大的慶祝活動了，因此很多接到請帖的人便有一種格外興奮的心情，大家都盛裝出席了這次酒會，他們都有一種共同的想法，想借這一次盛大的酒會，掃除這段時間壓在頭頂的陰霾。

買下海盛莊園，是東海雲龍公司在海川的第一個商業動作，錢總應約到了海川之後，便在穆廣的建議下，買下了海盛莊園作為雲龍公司進軍海川的橋頭堡。

錢總將海盛莊園重新裝修了一下，換掉了裏面全部的工作人員，更名為雲龍莊園，然後重新開幕。

主人還沒有正式露面，已經到了的賓客們三五成群的自由聚集在一起，宴會採用的是西式自助餐形式，賓客們可以自由的取餐、喝酒，隨意的交談。

天和房地產的總經理丁益也在人群中，他身邊圍著幾個海川市的地產開發商，正在交談著。

丁益看了看主席台，笑著對身邊的開發商老王說：「王總啊，你知道這個雲龍公司是什麼來歷嗎？一來就敢把海盛莊園買下來，這是準備在海川打持久戰啊。」

老王搖了搖頭，說：「我也不太清楚這個錢總是什麼來歷，不過，今晚據說邀請了穆廣副市長，應該算是有點來頭吧。」

丁益說：「那是有點來頭，不過這傢伙買下鄭勝的莊園，也不怕接下了鄭勝的穢氣。」

其實這個莊園當初鄭勝也向丁益推銷過，可是丁益覺得這個莊園在鄭勝手裏已經由盛轉衰，也帶衰了鄭勝的運氣。商人在某種程度上是很迷信的，丁益就覺得這個地方不吉利，因此婉拒了鄭勝。

其實這個莊園被鄭勝建設的很不錯，占地又廣，如果沒有鄭勝的因素，丁益倒是很想買下來的。

老王笑了笑，說：「不是強龍不過江，雲龍公司敢在海川開基立業，就不怕這些什麼吉不吉利的事。我倒覺得這個錢總很有生意頭腦，大家都在畏懼鄭勝的衰運，不敢接手，他正好趁機壓低價錢。再說，那些吉不吉利的事情本來就是因人而異的，這不過是一個人時運的問題，我是沒這個實力，不然的話，我也會買下這個莊園的。」

兩人正說著，老王看到門口一個五十多歲的商人陪著穆廣走了進來，便笑著說：「穆廣到了，陪在他身邊的那個五十多歲的男人，估計就是那個錢總了。」

丁益轉頭看了看，便看到了穆廣和錢總，不過他的目光並沒被這兩人吸引，反而是被錢總身邊的女人吸引住了，這個女人一身黑色的晚禮服，挽著高高的髮髻，雍容華貴，豔麗如花，挽著錢總的胳膊，跟錢總和穆廣一起往裏走。

丁益猜想大概全場的男人這一刻都在看這個女人吧，可是這個女人跟錢總一樣，都是第一次在海川這麼盛大的場面上露面，丁益也不知道這個女人是誰，便問老王：「那個陪在錢總身邊的女人是誰啊？你見過嗎？」

老王搖搖頭，說：「我從來沒見過，很可能是那個錢總的情人，這老傢伙倒真有豔福。」

丁益笑了笑說：「錢真是萬能，這麼美麗的女人竟然為了錢跟了一個糟老頭子。」

錢總陪著穆廣和那個女人走到了前面的臺上，錢總先到了麥克風前開始講話：

「尊敬的穆廣副市長，尊敬的各位領導和商界的朋友們，我首先代表東海雲龍公司感謝各位在百忙之中蒞臨我們雲龍莊園的開幕酒會，謝謝大家。」

然後頓了一下，台下的人便熱烈的鼓起掌來。

掌聲響了一陣，錢總伸手壓了壓，示意掌聲停止，然後繼續講道：

「今天來的各位海川的朋友，肯定都知道雲龍莊園的前身是海盛莊園，我們雲龍公司之所以買下這個莊園，正是看到了海川經濟的蓬勃發展給我們這些企業家們帶來的大好機遇，我們對海川經濟的發展有信心，更相信我們會在這裏賺取更多的財富。」

又是一陣熱烈的鼓掌。

錢總接著說道：「今天看到各位海川的領導、朋友都來給我們雲龍公司捧場，我們的信心更足了，有你們的支持，我們雲龍公司肯定會發展的更好。我在這裏再一次深深的感謝今天來的每一位朋友。」

錢總說完這句話，走到講臺的前面，向台下的人深深地鞠了一躬，台下又是一陣掌聲。

丁益邊拍掌邊對老王說：「這傢伙倒還挺懂禮數，很精明啊。」

老王說：「是啊，懂得放低身段，這傢伙不簡單。」

錢總又回到講臺前，說：「這裏我還要特別感謝一個人，那就是來自北京的關蓮小姐，是她的建築諮詢公司在我們這一次購買莊園和莊園重新裝修中提供了很好的建議，讓我們公司能夠很順利的將雲龍莊園重新營業。謝謝你關小姐。」

錢總說話的時候，還回頭向那位跟著他來的漂亮女士點頭示意。

原來這個女人就是穆廣的情人關蓮，穆廣跟錢總事先做了溝通，決定借這個酒會，讓錢總向海川商界介紹關蓮的身分，好讓關蓮在海川商界閃亮登場。

關蓮見錢總向自己致謝，便笑著上前了一步，在麥克風前落落大方的說：

「錢總真是太客氣了，您是我們公司的客戶，我們理應給您提供最好的服務。其實是我應該感謝您讓我有機會結識這麼多海川商界的精英，能夠認識這麼多海川的商界精英是我的榮幸，我們北京關鍵建築資訊公司願意跟大家共同合作，為海川經濟的發展盡一份綿薄之力。謝謝。」

台下的丁益有些詫異的看了看老王，說：「這個女人不是錢總的情人，她說的什麼建築資訊公司是怎麼回事啊？你知道海川有這麼一家公司嗎？」

老王搖了搖頭，說：「我沒聽說過，你沒她聽說公司是在北京嗎？」

丁益納悶地說：「在北京怎麼會到我們海川來撈錢，她的手伸得夠長的。」

這時錢總邀請穆廣講話，穆廣首先祝賀了雲龍公司的開張，然後說他代表海川市委和市政府歡迎雲龍公司到海川來發展，市委市政府一定會為來海川發展的公司的合法經營活動保駕護航的。

穆廣講完話之後，錢總就宣布酒會正式開始了，悠揚的音樂便在宴會廳裏響了起來，穆廣走到關蓮面前，笑著說：「關小姐，我能請你跳支舞嗎？」

關蓮伸出手來，讓穆廣帶她進了舞池，兩人的身體貼得很近。

穆廣在關蓮耳邊輕聲說：「關小姐，你今晚真是光彩照人啊，滿大廳的男人目光都在你身上啊。」

關蓮笑了笑說：「穆副市長，你才是今晚人們關注的焦點啊。」

兩人就像一對陌生人一樣跳著舞，他們的舞跳得不錯，配合的相當默契。

一曲終了，錢總將穆廣和關蓮帶進了一間小休息室休息，服務小姐送了酒進來，錢總就讓她退了出去，然後對穆廣笑著說：「穆副市長，你對我這裏還滿意吧？」

穆廣笑笑說：「老錢啊，你做的事情我什麼時候不滿意了？」

錢總說：「那今後要穆副市長對這個地方多加支持了。」

穆廣說：「這種客套話就不要講了，我今天來，就是對你的一種支持。」

錢總點了點頭，說：「那倒是。誒，今天關小姐對我的推薦還滿意嗎？」

關蓮笑說：「我有什麼滿意不滿意的？我還在擔心我的表現不行呢。」

錢總說：「關小姐真是太謙虛了，你的表現落落大方，很有大家的風範，我估計這會兒外面的人都在議論關小姐呢。」

穆廣也點點頭，說：「關小姐的亮相讓我都有驚豔的感覺，很不錯啊。」

關蓮嬌羞地說：「兩位不要這麼捧我了，說得我都不好意思了。好了，我要出去跟海川商界精英們聊聊了。」

穆廣點了點頭，說：「你出去跟他們熟悉熟悉也好。」

關蓮就出去跟外面的人應酬去了。

看關蓮出去了，錢總好奇地問：「穆副市長，你怎麼找到了這樣一個人才啊？」

穆廣說：「怎麼了，你覺得這個關蓮有什麼不妥當的地方嗎？」

錢總笑笑說：「那倒沒有，關小姐表現得很得體。我是說你們是怎麼認識的？」

穆廣並不想把底完全交給錢總，便隨口說：「也沒什麼，她是我一個好朋友的女兒，在北京開了個公司，生意沒什麼起色，我那朋友就拜託我適當關照她一下，我磨不過朋友的情面，只好把她帶來海川試一試了。老錢啊，謝謝你幫我把她引薦給海川商界的朋友們，你知道的，我這個身分不好做她的推薦人的。」

錢總心中對穆廣這種幫朋友的忙的話根本就不信，現在的人這麼現實，誰還會這麼急公近義的幫朋友的忙，他相信穆廣花這麼大力氣把關蓮推到海川商界面前，兩人之間一定有些見不得人的關係。

不過錢總並不想揭穿穆廣的謊言，這種關係的存在對他是有利的，有些事情如果自己不好跟穆廣直接講，就可以通過關蓮私下跟穆廣溝通，因此這是多了一條溝通的管道出來，錢總當然是求之不得。

錢總笑笑說：「謝謝就不必了，我們之間講謝就有些生分了。這個小女生真是好福氣啊，有你穆副市長支持她，我相信她不久就會在海川商界大放異彩的。」

穆廣刻意說：「光有我的支持不行，她自己也要努力，同時還需要像老錢你這樣的前輩多加扶持才行啊。」

穆廣這樣一再交代，錢總便更掂量出關蓮在穆廣心目中的分量，便笑笑說：「穆副市長你都說話了，我能不支持嗎。」

兩人同時對看了一眼，然後哈哈大笑了起來。

關蓮走出了休息室，走到餐台前取菜，丁益也正在餐台，看到關蓮過來，笑了笑說：「你好，關小姐。今晚你真是漂亮，豔壓群芳啊。」

關蓮看了看丁益，說：「你好，不知道怎麼稱呼？」

丁益說：「我是海川天和房地產的丁益。」

關蓮也在海川待過一段時間，對海川地面的一些事多少熟悉，知道丁益是海川有名的黃金單身漢，雖然丁益的父親丁江仍然掌控著公司，可是這些年已經逐漸放權給丁益，丁益實際上已經能當天和房地產大半個家了。

關蓮伸出手跟丁益握了握，拿出名片遞給丁益說：「很高興能夠在這裏認識丁總，這是我的名片。」

丁益也拿出名片笑著跟關蓮做了交換，然後問道：「關小姐這個建築資訊公司似乎跟我們天和房地產公司可能有業務上的交集啊？」

關蓮笑了笑說：「當然有交集了，我這公司是為建築行業做資訊諮詢的，例如一些建築方面的招標事宜，我們都能提供很好的資訊服務。希望有機會能跟丁總合作。」

丁益笑笑，他對這個關蓮的印象很不錯，便說：「肯定會有機會的。」

關蓮說：「很期待這一天早點到來。」

丁益說：「會的，誒，能請關小姐跳一支舞嗎？」

關蓮點點頭，說：「這是我的榮幸。」

兩人便牽手進了舞池，跳了起來。

丁益是交際場上的老手，舞步瀟灑，身軀矯健，而關蓮也不遑多讓，她被丁益帶動的像一隻花蝴蝶一樣，在舞池裏上下翻飛。

兩人一個是翩翩佳公子，一個是花容美嬌娘，配合默契，相得益彰，很快就成了舞池裏令人矚目的焦點，全場的人都在看他們。

穆廣這時跟錢總談完，正要告辭離開，錢總送他出了小休息室。

穆廣一眼看到了在舞池中心正跳得興高采烈的關蓮和丁益，只見關蓮臉蛋紅紅的，目光緊緊盯著丁益，一副興奮異常的樣子。

這可是關蓮跟自己在一起時從來沒有過的神情，穆廣心裏酸了一下，他意識到自己要比關蓮大上將近一倍的年紀，已經無法跟關蓮玩這種同齡人才能玩得盡興的活動，心裏就很不是個滋味，面色沉了一下，收回目光，徑直走向了大門口。

錢總將這一切都看在眼中，心中越發相信穆廣跟這個關蓮之間，絕非關照朋友女兒那麼簡單，這個關照很可能已經關照到床上了，心裏對穆廣吃醋未免感到好笑，心說這個女人這麼年輕，如果真的跟你上床，也不過是貪圖你的權勢而已，你以為她真的會喜歡上你這個中年大叔嗎？如果你連這個都看不透，那可真是被美色迷了眼睛了。

錢總將穆廣送上了車，穆廣就離開了。

舞池裏，一曲終了，丁益和關蓮停下腳步，丁益挽著關蓮走出了舞池。

關蓮稱讚說：「想不到丁總舞跳得這麼好。」

丁益回讚說：「關小姐跳得也不差啊。」

關蓮在跳舞時已注意到穆廣離開，此時便急著離去跟穆廣幽會，便笑著說：「時間不早了，丁總我要回去了，你在這裏好好玩。」

丁益有些意猶未盡，說：「我送你吧？」

關蓮卻不想跟丁益走得太近，雖然她心中也喜歡丁益這個年輕多金的黃金單身漢，可是穆廣此時大概已經到了她的住處，如果被穆廣看到丁益送她回去，說不定會因此而生氣的。

關蓮便客氣地說：「就不麻煩丁總了，告辭了。」

關蓮柔軟的小手跟丁益輕輕握了一下，轉身就婀娜的走向門口，留下丁益惆悵地看著她的背影。

「人已經走遠了，丁總就別看了。」不知道什麼時候，老王走到了丁益身邊，笑著說。

丁益看了看老王，不好意思地說：「被你都看到了？」

老王笑說：「你們倆舞跳得那麼扎眼，我就是想看不到也不行啊。」

丁益笑笑說：「這個關小姐有點意思。」

老王聽了說：「丁老弟，你我算是老朋友了，你能不能聽我勸你一句啊？」

丁益說：「你要勸我什麼啊？」

老王說：「這個女人是被錢總帶來的，穆廣又跟她跳了第一支舞，這個架勢說明，這個女人是有點來頭的。通常這麼年輕的女人卻有這麼大的來頭，只有兩種情形，一種是這個女人家裏很有勢力，父母可能是富豪或者高官；另一種，可能就是這個女人是某個權勢人物的情婦。無論哪種情形，這個女人都不好輕易招惹，所以我勸老弟不要為了這個女人牽腸掛肚了。」

丁益說：「我只不過跟人家跳了一支舞而已，又怎麼會牽腸掛肚呢？」

老王笑了笑，說：「丁老弟就不要在我面前打馬虎眼了，我也年輕過，像關小姐這種媚態百生的天生尤物，我年輕的時候看到也會神魂顛倒的。」

丁益笑笑說：「去你的，我才沒有呢。」

關蓮匆忙回到自己的家，看看穆廣還沒有來，便鬆了口氣，她怕穆廣早來了在家等她會生氣，穆廣還沒來，她可以從容一些了。

關蓮洗浴了一番，穿著睡衣在床上躺了下來。

躺了一會兒，穆廣還沒來，她為了今天這場在海川商界的亮相費了好一番的精力，此刻已經很累了，便不知不覺睡了過去。

不知道過了多久，朦朧中聽到有人走近床邊，關蓮睜開了惺忪的睡眼，便看到穆廣發福的身軀。

關蓮慵懶的伸出一隻手，拉了一下穆廣，媚笑著說：「哥哥，你怎麼才來啊，我等你很久了。」

穆廣看了看關蓮，說：「你什麼時間回來的？」

關蓮睡意朦朧地說：「我看你離開了雲龍莊園，就趕緊回來了，我怕哥哥過來我這兒。」

穆廣問：「你就沒陪那個丁公子多盤桓一陣？」

關蓮心裏咯登一下，穆廣的口氣有些不對啊，這傢伙是在吃醋了，便趕忙媚笑著說：

「我跟那個丁益熱絡，是因為得知他是天和房地產的總經理，日後很可能會合作得到，沒其他的意思，在我心中，誰也沒哥哥你重要。」

穆廣聽關蓮這麼說，心情好了點，便說：「人家丁公子年輕又帥氣，家裏又有錢，這樣的黃金單身漢，你多跟他熱絡一下也很正常啊。」

關蓮看著穆廣，假意生氣的說：「我如果真是喜歡這樣的，有大把追我的在後面等著，又怎麼會跟你在一起呢？我不就是覺得哥哥你有內涵，又是個好人，不像那些公子小開之類的淺薄嗎？想不到你這麼不信任我。既然這樣，我們還是分開算了，省得我還要過這種見不得人的生活。」

穆廣看關蓮粉面含嗔，也覺得自己有些過分了，這個女人為了自己從酒會上趕回來，自己還要這麼責怪她，是有些不對，便坐到床上，把關蓮攬進了懷裏，陪笑著說：「別生氣了，我這不是緊張你嗎？說實話，丁益各方面條件都比我好，我真怕你去喜歡他呢。」

關蓮說：「怎麼會呢？當初我是真心喜歡你才跟了你，將來只有你嫌棄我人老珠黃不要我了，我才會離開你，否則我絕不可能離開你的。」

穆廣捏了捏關蓮的臉蛋，說：「你是我的寶貝，你在我眼中永遠是最漂亮的，又怎麼會嫌棄你呢？」

關蓮嬌嗔著說：「你們男人啊，都是會喜新厭舊的，我的第一個男朋友就是喜新厭舊才離開我，我那時候可是真心實意要跟著他，什麼都給了他。現在我又把一切都給了你，我真怕你也什麼時候轉身就離我而去了。」

穆廣說：「怎麼會呢，你是我最親愛的寶貝，我疼你還來不及呢。」

關蓮心裏鬆了口氣，心說總算把這個醋罈子給糊弄過去了。不過，她並沒有馬上就表現出高興的樣子，反而繼續指責穆廣說：

「那你剛才是什麼態度？人家為了你中途就從酒會回來，還洗得香香的等你來，可是你呢，一來就陰陽怪氣的，好像我已經跟別人有了一腿一樣，你這麼做，對得起我對你的一片真心嗎？」

關蓮說著說著，越發覺得自己委屈，眼眶裏含著淚強忍著不滴下來，看在穆廣眼中，一副楚楚可憐的樣子，他趕緊陪笑著說：「是我不好，別生氣了寶貝，哭了就不好看了。」

關蓮嬌聲抱怨說：「都是你招惹我的。」

穆廣立即去親吻關蓮嬌嫩的臉龐，說：「好了寶貝，哥哥疼你。」

穆廣的嘴唇在關蓮臉上拱來拱去，關蓮心中忽然有一種莫名的厭惡，這傢伙身上總有那麼一種怪怪的味道，讓她感覺很不舒服，如果這是換成丁益該多好啊，丁益並沒有用什麼香水，可是他身上卻有著那種健康男人好聞的味道，聞起來就讓人熨帖，讓關蓮感到十分愉悅。

不過，關蓮也知道自己的身分來歷，她是一個很現實的女人，不敢也不會奢望能擁有像丁益這種女人們夢寐以求的黃金單身漢，她很明白自己的利益所在，只有籠絡好穆廣，她才能為自己開創出一片美好的天地，便配合著穆廣粗魯的動作，扭動著被他褪去了睡衣。

看著自己白皙玉潤的腿被穆廣不解風情的掰開，強橫的佔據了她，關蓮心中不由得暗自嘆息，上天給了自己一副美好的容顏，一具完美的身體，卻沒給自己一個良好的家庭背景，讓自己不得不媚笑著服侍像鄭勝和穆廣這種野蠻的粗漢。這是多麼不公平啊？這樣的身軀本來是應該服侍像丁益這種有氣質、識風情的紳士的。

想到丁益，關蓮心中馬上就像著了火一樣，每一個細胞都活躍了起來，嬌軀像蛇一樣扭動了起來，緊緊的纏住了穆廣。既然丁益是可望而不可及，就權且先把眼前這個莽漢當做他，慰藉一下自己的饑渴好了，因而雖然是同床異夢，可關蓮還是使出了渾身解數來迎合穆廣。

而穆廣也因很長時間沒跟關蓮在一起了，有著滿腔的欲火要在關蓮身上尋找發洩的出口，因此也像一個辛勤耕耘的老農一樣，在關蓮身上耕作不已。

穆廣的辛苦並沒白費，關蓮對他雖然厭惡，可是還是被他帶到了巔峰，興奮地在穆廣身下抽搐不已。

平靜下來後，關蓮偎依在穆廣的懷裏，媚聲說：「哥哥，你真是厲害，給了我從來沒有過的享受。」

穆廣親了關蓮耳朵一下，說：「寶貝，我也沒想到你能讓我感覺這麼美好。這麼久沒跟你在一起了，感覺還是這麼棒。」

關蓮抱怨說：「都是你啦，不讓我回來，讓我一個人在北京孤零零的，好不難受。」

穆廣說：「你這就不知道了，這段時間，市委副書記秦屯的事情鬧得海川市雞飛狗跳的，秦屯曾經和鄭勝關係密切，我擔心他知道鄭勝和你的關係，因此不敢把你叫回來。你在北京，那麼大的地方，隨時都可以躲藏起來，海川這種小地方就不同了，很容易找到你的行蹤的。」

關蓮嘆說：「沒想到這麼短的時間海川發生這麼多事情，鄭勝怎麼就死了呢？」

穆廣說：「據被抓起來的海川市公安局副局長俞泰說，鄭勝是聽到他通風報信之後，自感絕望而服毒自殺的。我倒不這麼認為，我懷疑是俞泰強逼他自殺，甚至可能就是俞泰殺害他的。但是現在死無對證，只好俞泰說什麼就是什麼啦。」

關蓮說：「這傢伙這麼狠毒啊？鄭總也是英雄了半世，沒想到最後會落到這麼個下場。」

穆廣看了看關蓮，說：「這個世界就是這樣的，弱肉強食，鄭勝強的時候，他就可以欺凌別人，當他弱的時候，也只能是人家案板上的魚肉。怎麼，你心疼他啦？」

在關蓮的心目中，鄭勝是比穆廣地位要高的，沒有鄭勝，她就沒有今天的一切，因此說心疼，她還真是心疼，不過這已經是過眼雲煙了，她一個弱女子也改變不了什麼，只好把心中的遺憾壓了下去，笑笑說：

「我總是跟他共事過一場，並且他對我還是不錯的，驟然間這個人就沒了，我心裏自然不好受。」

穆廣說：「寶貝，想不到你還真是有情有義，不知道他日我如果也有這麼一天，你會不會也這樣不好受？」

關蓮立刻用手捂住了穆廣的嘴唇，說：「哥哥，這個可不能瞎說。」

穆廣感慨地說：「說到底，鄭勝和秦屯完全是政治鬥爭的犧牲品，官場有時候就跟戰場一樣，誰知道我會不會也有失勢的那一天呢？」

關蓮說：「我不准你這麼說，哥哥一定會事事順利，一生平安的。」

穆廣搖搖頭，說：「這是誰都難保的，別看我現在風光，可是我時時刻刻都有一種如履薄冰的感覺，小心行得萬年船，我只能每一刻都小心翼翼的。寶貝啊，你也要注意一些，我讓你做的並不是完全合法合規的事情，一旦不小心給人留下了什麼把柄，那你和我就完蛋了，知道嗎？」

關蓮用力的點了點頭，她只想跟著穆廣沾光，利用穆廣的權勢發財，可不想因此付出慘重的代價，這時候她的利益跟穆廣是緊密相連的，因此她站在跟穆廣統一的立場之上。

關蓮說：「我明白，我會小心行事的。」

穆廣說：「那就好。誒，對了，你剛才說跟丁益熱絡是想跟他建立業務關係，這個千萬不要。」

關蓮愣了一下，說：「哥哥，你還在誤會我啊，我跟丁益之間真的沒什麼。」

穆廣說：「我不是說你們之間有什麼，我是說，這個丁益跟上層的關係很複雜，你還記得那個駐京辦主任傅華嗎？」

關蓮說：「我當然記得了，感覺那個傅華一板一眼的，讓人看了很不舒服。」

穆廣說：「那是因為他跟我們不是一路上的人，當初我也是一見他就感覺很彆扭，他這個人太講原則了，有些時候就不知道變通。」

關蓮問道：「那這個傅華與丁益有什麼關係啊？」

穆廣解釋說：「他們之間的關係很密切，天和房地產上市就是傅華幫忙運作的，我擔心如果你跟丁益之間建立起業務關係，丁益會將這件事情告訴傅華，傅華肯定會將我們兩人聯繫起來。他是金達的耳目，如果我們之間的合作關係讓金達知道了，那對我將是很不

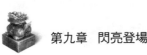

利的。」

關蓮聽了說：「這麼複雜啊？」

穆廣說：「就是這麼複雜。據我這段時間對金達的接觸觀察，感覺上他跟傅華一樣，也是一個很講原則的人。」

關蓮說：「那哥哥在他手底下，豈不是很難做？」

穆廣呵呵笑了起來，說：「說難也不難，對這種人只要投其所好就行了，這個金達有些書生氣，沒有太多在基層工作的經驗，這種領導最好糊弄了。」

關蓮笑笑說：「看來哥哥已經知道要如何去對付他了。」

穆廣說：「當然，寶貝，你等著看吧，海川市早晚會在我掌握之中。」

關蓮奉承說：「哥哥，你真是好有男人氣概啊，我相信你一定會做到的。」

穆廣親了一下關蓮的臉龐，便看向天花板沒再言語。

透過這段時間的觀察，他已經看出金達在某些方面的稚嫩，心中多少有些看不起金達，同時也有些憤憤不平，金達比他年輕就可以做到主政一方的市長，根本上就是因為省委書記郭奎在背後支持他，如果沒有了郭奎的支持，別說做到市長了，恐怕做一個縣長都不夠格。

這還真是朝中有人好做官啊，自己如果也有省委書記的支持，這時候應該早就進省做官了，起碼也會做到一個副省長，偏偏自己沒有絲毫背景，什麼都要靠自己努力。

自己爬到現在這個位置付出了多少艱辛啊？每一步都需要費盡心機，辛苦了這麼多年才混到了一個副市長的位置。而金達不過是憑幾句話，就做了自己的上司，這世界還真是不公平！

不過穆廣嫉妒之餘，也暗自慶幸有這樣一個人做自己的頂頭上司，如果換了一個老練的人，自己肯定會在他的制約下縛手縛腳，什麼小動作都不敢做。但對金達這樣沒多少政治經驗的人來說，只要迎合他的意思就好，自己完全可以把他玩轉於股掌之間。

更對自己有利的是，穆廣敏銳的看出市委書記張琳和金達因為對這次秦屯事件處理態度上的不同，兩人之間那種和諧的關係已經產生了裂痕。

省委書記郭奎幾次在公開場合表揚了金達處置這一次事件的果敢和堅持原則，對身為市委書記的張琳卻隻字未提，這裏面的意蘊耐人尋味。

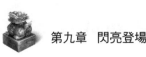

市委書記是一個城市反腐敗的第一負責人，這一次反腐行動本應是張琳主導，可偏偏張琳卻對秦屯持一種縱容的態度，雖然張琳並沒有干擾案件的偵辦，可也沒有堅持原則，這已經被人詬病了，省委書記在表揚金達的同時隻字不提張琳，更是表明了一種對張琳不滿的態度。

雖然公開場合張琳並沒有表露出什麼，可是有接近他的人私下說，張琳對金達很不滿意，覺得自己從金達到海川市任副市長開始，一直在背後支持金達，甚至徐正打擊金達的時候，自己也是站在金達這一邊的。現在金達成了市長了，不但不知恩圖報，反而在秦屯一案上跟自己採取不同立場，自己出盡了風頭，卻讓省委領導對他張琳有了看法，根本就是為了抬高自己打擊他，這樣做又怎麼對得起當初他對他的支持呢？

這話雖然不是張琳本人說的，可是穆廣相信這肯定是張琳借別人之口表達自己對金達的不滿。穆廣很樂於見到這種情形，一二把手之間產生了嫌隙，他這個做部下的就有了操弄的空間，裏面便有了他的用武之地。

穆廣可以預想到，海川市政壇也許很快就會出現選邊站的情況，市委書記和市長將會各有一派人馬，雙方各為其主，展開一場不見硝煙的博弈。

到那個時候，自己會支持誰呢？

誰強就支持誰。這是穆廣這麼多年仕途一帆風順的一個主要的秘訣，他喜歡順勢而為，從不逆勢而動。選擇跟強者站到一起，最後自己也會成為強者的。

目前看來，在張琳和金達這兩派之間，張琳雖然是市委書記，卻因為個性軟弱以及背景的原因，是道道地地的弱者；金達秉持秦屯一案的強勁勢頭和郭奎的支持，在二者之間儼然已經佔據上風。

穆廣便打定主意要站在金達一邊，他相信如果金達和張琳爭執起來，省裏一定會選擇站在金達一邊，到那時候，很可能省裏會將張琳調開，讓金達出任市委書記。而自己作為金達陣營中第一排序的部下，最有機會接任金達的市長位置。

像這種利人利己的事情，誰不做誰是傻瓜，穆廣自然明白自己該怎麼做了。

北京。

中午，傅華在曉菲的四合院吃飯，曉菲注意到傅華神色之間有些憂鬱，便說：「怎麼了，臉色臭成這個樣子，是不是老婆不在身邊不好過了？」

傅華強笑了一下，說：「沒有。」

曉菲關心地說：「你的神色不太對，一定有什麼事情發生。傅華，你跟我就不需要遮遮掩掩了吧？」

傅華苦笑了一下，說：「我說了你可別生氣啊？」

曉菲點點頭說：「說吧，我不會生氣的，是不是你老婆發生了什麼事情，讓你很在意啊？」

傅華笑笑說：「你是不是有第六感啊，怎麼猜得這麼準？」

曉菲笑了：「你在我面前除了談你老婆的事情，還會有什麼事情讓我生氣啊？趕緊說吧，究竟是怎麼回事啊？」

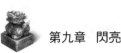

傅華說：「我覺得趙婷可能喜歡上了別人了。」

曉菲伸手摸了摸傅華的額頭，笑說：「傅華，你沒發燒吧？怎麼說這種胡話起來？趙婷現在大著肚子，正為了你的孩子辛苦呢，你這個時候懷疑她，你還算人嗎？」

傅華苦笑了一下，說：「從情理上推斷，我也覺得不太可能，可是趙婷卻給我一種很強烈的感覺，那就是她已經開始不在乎我的感受，而是更在乎別人了。」

曉菲看了看傅華，說：「傅華，你是不是想在我面前鋪墊什麼？我喜歡你不假，可是我從來沒想要破壞你的家庭，我可不希望你為了我離婚啊。」

傅華說：「你想到哪裡去了？我鋪墊什麼啊？你沒看到我現在心情很失落嗎？我是真的有一種感覺，趙婷在慢慢離我遠去。」

曉菲困惑地說：「究竟怎麼回事啊？」

傅華說：「我和趙婷約好在固定的時間用視頻聯絡，以前我們一見面都是噓寒問暖，瞭解一下彼此的近況，一聊就是好半天，可是慢慢的，趙婷開始敷衍我，聊不上幾句就結束了，根本就不熱情，也不說想我了，倒是常常提起一個叫John的洋人，說他多麼多麼nice，兩人還經常一起約會逛街什麼的，關係好的不得了。」

曉菲問：「什麼樣的洋人？」

傅華說：「是一個比趙婷還小的男孩，是趙婷在澳洲的鄰居。曉菲，你說我是不是需要過去澳洲看一看？」

曉菲笑笑說：「是不是你太多疑了？你老婆這時候大著肚子，又怎麼會移情別戀呢？應該不會吧？」

傅華說：「反正我的感覺很奇怪，心裏很不踏實。」

曉菲嘆了口氣，說：「我看你根本就是想你老婆了。哎，想去就去吧。」

傅華看了看曉菲，伸手握住她的手，說：「你生氣了？」

曉菲苦笑了一下，說：「我生什麼氣啊？輪得到我生氣嗎？她終究是你老婆，你想她，就趕緊去看她吧。」

傅華想要安慰曉菲，卻不知道該如何勸慰她，氣氛就尷尬了起來。幸好這時傅華的手機響了起來，看了看是金達的號碼，趕忙接通了。

金達問：「在哪兒幹什麼呢？」

傅華回說：「在外面跟朋友吃飯呢，金市長您有什麼指示？」

金達說：「是這樣，市政府準備在海川建設一座海產品加工的保稅園區，為海川市的藍色經濟發展戰略配套，初步構想是實現國外貨物入區保稅、國內貨物入區退稅、區內貿易自由，你覺得怎麼樣？」

傅華聽了說：「很好啊，看來金市長您準備要大展拳腳了。」

金達說：「作為地方官總要給老百姓做點什麼。保稅區是繼經濟特區、經濟技術開發區、國家高新技術產業開發區之後，經國務院批准設立的新的經濟性區域。由於保稅區實行比其他開放地區更為靈活優惠的政策，已經成為中國與國際市場接軌的橋頭堡。我們海川外貿的進出口、加工、轉運等業務，將因保稅區而獲得質的進步。」

「您的設想很好。」傅華稱讚說。

金達說：「這麼說，你對我的觀點是贊同的了？」

傅華說：「那當然。」

金達說：「既然贊成，那你就別這麼逍遙了，趕緊給我動起來。」

傅華問：「不知道金市長您要我做什麼？」

金達說：「你趕緊給我聯繫相關部委，詢問保稅區的審批程序，過幾天我會去北京，逐個拜訪相關部委，希望能從他們那裏獲得支持。」

傅華說：「好的，我會馬上動起來的。」

金達就掛了電話。

傅華看了看曉菲，說：「這下好了，又有新的工作了，我就是想去也去不了了。」

第十章

左右為難

正因為他知道金達的出發點是好的，傅華才更難做，
他一方面理解金達為什麼會如此堅持，
另一方面，他也很清楚要達到金達的目的是很難的，甚至根本就不可能，
但是他又無法去提出反對意見，使他左右為難。

在曉菲那兒吃完飯，傅華回到駐京辦，便開始打電話給各部委當中的熟人，向他們諮詢有關保稅區的審批程序。

傅華是滿心熱望，得到的資訊卻不是那麼樂觀，說國家現在對保稅區的審批控制得很嚴，而且，國家對保稅區的態度，是希望保稅區能夠帶動區域周邊的經濟發展，讓保稅區起到一個示範帶頭作用，而不是遍地開花。海川臨近的一座城市已經設立了一個保稅區了，不太可能這麼密集的再在海川批建一座保稅區。

這個情況跟傅華的預想有了很大的差異，他認為在海川建一座保稅區會對海川經濟有很大幫助的，因此很想幫助金達達成這個願望。他也知道金達急需要做出一番政績來證明自己的能力。但情況既然這樣，傅華也不得不如實向金達彙報。

金達聽了，不以為意地說：「只是有困難，不是根本行不通，我們想辦法克服困難不就好了嗎。傅華啊，你可要助我一臂之力啊！」

傅華說：「我會盡一切努力爭取的。」

金達說：「那就好，我還是會按照預定行程去北京跑一趟的，尋求部委對我們海川的支持。」

金達於是就到了北京。

傅華在接他的時候發現，此刻的金達已經與前段時間在黨校學習時有了很大的不同，那時候，金達面色中常常有一種鬱鬱不得志的味道，走路基本上也是低著頭。而此刻走出旅客通道的金達昂首挺胸，氣質中多了一份自信。看來歷經選舉風波、秦屯案後，金達對自己掌控海川市局面的信心增強了很多，開始成熟了起來。

金達是一個有抱負有原則的領導，傅華希望這樣的領導早日成熟，發揮自己的聰明才智，在仕途上走得更遠，因此看到金達這個樣子，心中是欣慰的。

但是情況卻沒有因為金達成熟自信就有所改觀，金達在傅華陪同下走訪各相關部委，得到的答覆都是批准海川建海產品加工綜合保稅園區很難，鄰近城市已經有了類似的保稅園區，再批准海川建，就有重複建設之嫌；而且不大的區域內建兩座保稅區，怕區域內的經濟無法支撐，反而會影響已經建好的保稅區的良好發展。

幾個部委走訪下來，不但沒得到支持，相反卻接連被潑冷水，金達的臉色慢慢沉了下來，開始不高興了起來。傅華感受到他的心情，可是他也無法主導這些部委領導，因此也只能在一旁乾著急。

金達不滿的對傅華說：「傅華，你們駐京辦的工作是怎麼做的？怎麼一個支持我們的部委都沒有？這種狀況發展下去可不行啊，我們海川市即將迎來一個大發展的時期，跟各部委之間關係這麼生疏，可是會影響我們下一步工作的開展的。」

傅華覺得保稅區的審批並不是簡單的關係不關係的問題，不過他也理解金達急於有所作為的心情，便低下了頭，說：「金市長，我們今後會注意加強這方面的工作的。」

金達看傅華這個樣子，知道自己有些過分了，便說：

「傅華啊，可能我的語氣重了一些，可是你要理解我的心情，海川在徐正手中這些年並沒有什麼大的作為，鄰近的幾個兄弟市，原本跟我們還有些差距，這些年都迎頭趕上了，我們海川市在全省的經濟排名已經出現下滑的趨勢。所以我很著急，希望儘快重振我們海川昔日發展的雄風。」

傅華說：「我明白金市長您的心情，是我們駐京辦沒把工作做到位，您批評也是應該的。」

金達說：「你有這個態度是很好的，我也明白，這裏面有很多客觀因素在內，那個已經被批准的保稅區所在的城市，歷來都是我們省經濟排名第一的城市，我們要跟它競爭，實力是稍遜一籌。不過，我們也不能就這麼放棄，面對困難我們要有一種迎頭趕上的精神。」

傅華聽金達的意思，並沒有放棄審批保稅區的意思，便說：「金市長希望我們下一步要怎麼辦？」

金達說：「這些部委領導的態度並不是不可以改變的，我們需要做一些遊說的工作。你準備準備，我們明天去拜訪一下鄭老，看看這些老前輩能不能幫我們做一做部委領導們的工作。」

傅華說：「那我馬上去安排。」

傅華就打電話給鄭老，轉達了金達要登門拜訪的意思。

鄭老卻有些不太想見，說：「小傅啊，我現在不太願意參與到地方事務中去，這個面還有必要見嗎？」

傅華心說：金達對這次進京拜訪部委的成果已經很不滿意了，您再打我的回票，我真是沒辦法交代了，便陪笑著說：「鄭老，金達同志是一個很有原則性的幹部，只是想看看您，您就見見他吧。」

鄭老笑了，說：「好吧，見就見吧，看這樣子，我不見的話，你會很為難。」

傅華笑笑說：「還是您老體諒我。」

第二天上午，傅華帶著金達去了鄭老的四合院，老太太陪著鄭老一起見了他們。在金達問候了鄭老的身體狀況之後，老太太就問傅華：「小傅啊，小婷在澳洲怎麼樣了，快生了吧？」

傅華笑笑說：「快了，離預產期不到兩個月了。」

老太太說：「這麼久沒看到她，我還真想她。這個丫頭啊，不知道怎麼想的，跑到澳洲去幹什麼啊？」

傅華笑了笑，說：「她有她的想法吧。」

鄭老在一旁說：「小傅啊，這一點我可是要說你啊，你當初就不應該讓她去，一個女人不守著丈夫，跑那麼遠去幹什麼？你也不管管她？你岳父也是的，賺了錢就移民國外，這哪還有什麼愛國情操啊？」

老太太瞪了鄭老一眼，說：「你個老東西，現在什麼時代了，你還想回到以前三從四德的年代啊？小婷她願意移民是她的自由，小傅憑什麼管她？」

鄭老笑笑說：「好了，我話說錯了還不行啊？我是覺得小婷既然移民了，小傅估計也很快就要過去了，到時候我們就看不到這兩個年輕人啦，心裏有點不是滋味。」

傅華知道鄭老這是不捨得自己，便笑著說：「鄭老，放心吧，我就是移民了，也會經常跟小婷回來看您二老的。」

鄭老笑了笑說：「那總是不方便的。好了，不說這些了，金市長，您這一次進京，是要辦什麼事情嗎？」

鄭老覺得光跟傅華談趙婷的事情，有些冷落了金達，便問了他一句。

金達便說：「我這次是為我們海川市審批保稅區探路來了。」

金達就把保稅區的基本情況以及海川市目前急需一個保稅區來打開新局面的迫切性跟

鄭老講了。

鄭老聽完，點了點頭說：「這個設想很好啊。」

金達說：「可是各部委對我們海川要審批保稅區的態度都不是很積極，鄭老啊，你是老領導，幫我們海川市呼籲一下怎麼樣？」

鄭老看看金達，笑了笑說：「金市長，我已經退下來很多年了，許久不干涉這些事務，怕就是幫你們呼籲也起不到什麼作用了。」

鄭老這是推辭的意思，金達臉色變了變，看了眼傅華，然後說：「鄭老，您真是太謙虛了，誰不知道您在中央的影響力啊，你幫我們說句話，比我們自己跑多少部委都管用的。」

鄭老笑了笑，說：「金市長太高看我了，我已經老了，沒什麼影響力了。」

老太太也說：「金市長，我們家老頭子現在上了年紀，已經很少拋頭露面了，你指望他幫你們呼籲，怕是真的要讓你失望啊。」

傅華在一旁聽到鄭老夫妻這麼說，心中暗自叫苦，這是在委婉的拒絕金達的請求啊，這金達如何能高興得了。

金達果然面色沉了下去，強笑著說：「那鄭老您就好好將養身體，我們打攪的時間也不短，就告辭了。」

鄭老也沒做什麼挽留，就由老太太將兩人送出門來。

臨別的時候，老太太還叮囑傅華有時間過來吃飯，傅華答應了一聲，就趕忙跟著金達離開了。

一路上，金達的臉都是陰沉著，傅華知道他不高興，也不敢去跟他說什麼。

回到駐京辦，傅華送金達回房間之後就想離開，金達卻說：「傅華，你先別走。」傅華只好留了下來。

金達看了看傅華，說：「傅華，你是不是覺得自己即將移民，就對駐京辦的工作不重視了？」

傅華苦笑了一下，說：「沒有啊，只要我還在這駐京辦主任位置上一天，我都會盡責的。」

金達說：「那就是你覺得自己已經做出了一點成績，就開始不思進取了。你看看我這次進京，這些事情哪一樣你安排好了？現在就連鄭老也對我們推三阻四的，究竟是怎麼回事啊？是不是你什麼地方慢待他了？」

傅華說：「沒有啊，我和鄭老一家一直相處融洽，彼此都當親人一樣。」

金達說：「他跟你私人關係好沒什麼用，關鍵是我們需要他幫我們海川市處理一些事務，這方面你處理得很不好，知道嗎？」

傅華低下了頭，說：「我知道，對不起。」

金達不滿地說：「別跟我說對不起，你要把精力多放在工作上，不要光想什麼移民的事情，如果你不能專注精神在業務上，那還不如早點辭職，把機會讓給能夠專注在工作上的同志。」

傅華有種有苦難言的感覺，金達說出讓自己辭職的話，說明他對這次受挫十分在意。

傅華只好說：「金市長，我真的沒有因為移民而分神……」

「好啦，你雖然這麼說，可事實表現出來的卻不是這樣子，以往你辦事可是很認真積極的，就連鄭老當初在徐正時期也曾為了海川新機場說過話的，我不知道現在是怎麼啦。」金達沒有容傅華把話說完，就直接打斷了他的話說道。

傅華知道辯解也沒用，便說：「對不起，我今後會加以改善的。」

金達看了看傅華，說：「傅華啊，你別怪我話說得難聽，我是很欣賞你的，可是你最近的表現實在很難令人滿意，我覺得你應該做的更好，知道嗎？」

傅華只好點頭說：「我知道。」

金達又說：「這段時間你的工作不能鬆懈，還要多加強和部委領導的公關工作，需要錢什麼的，可以跟市政府請批，總之做好一切工作，確保我們海川市的海產品加工保稅園區能夠順利審批下來。」

傅華驚詫的看了金達一眼，眼下的情況已經說明這個保稅園區很難通過，可金達還是要強行闖關，令傅華感到十分錯愕。

金達明白傅華在想什麼，說：「你不用看我，現在看保稅園區確實很難過關，可是我們不能因為有困難就退縮，要知難而進才對。現在審批的程序我們大致已經摸清楚了，那就直接啟動起來，反正逢山開路、遇水搭橋，在審批過程中遇到什麼困難就解決什麼困難吧。」

到了此刻，傅華明白這個金達並不像他想像中的那麼好伺候，相反，他的原則性和書生氣令他表現出某種程度上的固執，這種固執讓他這個做部下的壓力很大，即使金達的出發點是好的。

也正因為他知道金達的出發點是好的，傅華才更難做，他一方面理解金達為什麼會如此堅持，另一方面，他也很清楚要達到金達的目的是很難的，甚至根本就不可能，但是他又無法去提出反對意見，使他左右為難。

傅華心中暗自嘆氣，他並不贊同這種硬闖的做法，他認為這些部委領導的答覆是有一定的道理的，這麼小的區域內硬是要建兩座國家級保稅區，顯然是不符合國家的產業政策的；即使得到批准，可能也無法達到預期的效果，到時候海川卻要承擔這重複建設的後果。

傅華想勸金達打消念頭，便說：「金市長，您和市政府是不是再慎重考慮一下，其實那些部委領導說得也不無道理，我們盲目的上馬保稅區，結果可能並不會像您想的那樣理想。」

金達看了看傅華，說：「我說你怎麼對這件事這麼不積極呢，原來你內心根本就是不贊同這件事情的。」

傅華見話扯開了，索性也敞開了，說：「我也是這些天跟您跑各部委才覺得這個保稅區的構想有些問題，我想您是不是可以考慮換個別的方案，事實上，可以帶動經濟的方案很多。」

金達搖搖頭，說：「你不要以為我這個方案是草率提出來的，我們市政府也做了很多的前期調研工作，這是大家充分研究才得出的結論。傅華啊，幸虧我瞭解你這個人，不然的話，我真的是會以為你是在故意跟我作梗。好了，你不要再說什麼啦，這已經是市政府定下來的方案了，你就做好你的工作，爭取讓這個保稅區批下來就是了。」

金達話說到這份上，傅華再說什麼就是不知趣了。他看了看金達，忽然感覺在某種程度上，現在的金達跟當初的徐正有些相似，他已經退去了從政初期的青澀，開始顯現出某種程度上的自信，似乎他決定了就是最後的決定了，容不得別人更改。傅華感覺這種自信有點太過了，已經近乎於獨斷專行。

這可能是市長的權力帶給金達的一種改變吧，這種自信不僅表現在徐正身上，傅華在曲煒身上也曾經看到過。

是不是權力真的能讓人迷失呢？此刻傅華再也無法看到當初金達在黨校時，拿著海洋經濟戰略報告向他徵詢意見的謙虛了。

傅華只能無奈的點點頭，說：「好的，我會做好自己的工作的。」

晚上，回到家裏的傅華已經一身疲憊了，不過今晚是他跟趙婷約定視頻見面的日子，好不容易熬到時間，趙婷開了視頻，傅華問說：「老婆，兒子今天有沒有踢你啊？」

趙婷說：「你兒子可不老實了，踢了我好幾次呢。」

傅華笑笑說：「還好你快生了，等他出生，你就可以好好教訓教訓他了。」

趙婷說：「那倒是。好啦，你還有什麼事情嗎？」

傅華說：「倒是沒什麼事了，再陪我聊一會吧，我很想跟你說說話。」

趙婷為難地說：「不行啊，一會兒John要陪我去上生產的課程，快到時間了。」

傅華一聽便有點惱火，說：「又是John！他一個大男人陪你上什麼生產課程啊？」

趙婷愣了一下，說：「老公，你怎麼啦？John是好意，他說上一些生產的課程可以方便我到時候生產，人家是幫忙，你怎麼還怪他？」

傅華叫說：「你什麼時候上不行啊？偏要安排在跟我見面的時候？我好不容易跟你見個面，卻聊不上兩句你就跑掉，你有沒有顧念我的感受啊？」

趙婷這才認真的看了看傅華，說：「老公，你怎麼了，臉色這麼難看？是不是遇到什麼不順心的事情了？」

傅華嘆了口氣，說：「是啊，我今天很不順，被領導好一頓訓。對了，今天去看鄭老，鄭老和夫人都問你的情況，他們都很想你。」

趙婷說：「我也很想他們，回頭替我跟他們問好。」

傅華說：「小婷，鄭老說我不該讓你出去，我現在想想，也許真的不應該讓你去的，你不在我身邊，我真的不好過。」

趙婷臉沉了下來，說：「什麼我不該出去，來澳洲多好啊，是你不該留在北京才對，真不知道你那個小小的駐京辦主任有什麼好眷戀的。」

傅華說：「不是啊……」

趙婷說：「什麼不是，別囉嗦了，我時間到了。」

傅華急說：「小婷，你先別走啊，我還想跟你說說話。」

趙婷不耐地說：「好啦，你受了領導的氣，可以去找朋友喝酒聊天，不要在我面前發洩了，我真的來不及了，再聊吧。」

趙婷說完，還沒等傅華有所反應就關了視頻。

傅華看著變黑的螢幕，悵然若失，好半天才嘆了口氣，關了電腦，心想：這究竟算什麼啊，把老婆送到這麼遠的地方去，結果現在自己這麼沮喪，她卻連聽都懶得聽。

傅華在床上輾轉反側，孤枕難眠，直到天快亮才睡了過去。

這一夜沒休息好，早晨起來就打不起精神來。不過今天金達要回海川，傅華不得不去送行，只得用涼水洗了個澡，強打精神去了駐京辦。

金達已經將東西收拾好，見傅華一副無精打彩的樣子，便有些不高興了，問道：「昨晚你不是很早就回去休息了嗎？怎麼這副樣子，又去哪裡玩去了？」

傅華強笑了一下，說：「沒有，我昨晚失眠，一夜沒睡好。」

金達用懷疑的眼神看了看傅華，說：「是不是我昨天批評了你，讓你不高興了？」

傅華不想讓金達誤會自己對他有了意見，就趕忙解釋說：「您批評我批評得很對，我不會生您的氣的，我只是跟老婆鬧了點不愉快。」

金達說：「傅華啊，你不用跟我說這種客套話，我批評你，你生點氣也很正常啊，你是我覺得可以說點真心話的人，如果你也跟我玩虛言假套，那這個世界上我還真不知道該相信誰了。」

傅華心說：我真心勸你的話，你卻連聽都不聽，還說讓我幹好本職工作就好，你這個態度又怎麼讓我敢跟你說真心話呢？你們這些領導，雖然話說得好聽，做事卻只會堅持己見，叫我說什麼好呢？

傅華只好笑笑說：「我真的是跟老婆鬧了點意見，沒別的原因的。」

金達說：「真是這樣啊，其實這也怨不得別人，你自己把老婆送到那麼遠的地方去，遠距離相處，感情是會變淡的。」

傅華苦笑了一下，說：「也許是吧。」

傅華把金達送到了首都機場，金達又叮囑了傅華要做好部委的公關工作，這才上了飛機。

回到海川，金達就把穆廣找了來。他在去北京前就跟穆廣探討過海川保稅園區的設想，穆廣對這個想法很持贊同態度。

一見面，穆廣就問說：「金市長，這一次北京之行收穫如何？」

金達搖了搖頭，說：「很不理想，走訪了一些部委，這些部委的態度都不支持我們海川建保稅區。」

穆廣驚訝的說：「怎麼會這樣，不是說駐京辦主任傅華跟部委的關係很不錯嗎？他們怎麼會對我們海川的工作這麼不支持呢？」

金達說：「我感覺傅華對我們這個保稅區的想法也不是太支持，態度也很不積極，連帶也就影響了他身邊的人。這次我讓他帶著我去見了鄭老，鄭老對保稅區這件事情也不冷不熱的。」

金達對這次北京之行是很不滿的，他認為之所以會是這樣一個結果，很大一部分原因是在傅華身上。他覺得傅華是因分心移民的事才沒有積極辦事，心中就十分不滿。他是一個講求原則的人，認為公私應該分明，而傅華這樣子顯然是沒有做到這一點。

穆廣說：「傅華這是什麼意思啊？這是市政府的既定目標，他有什麼資格可以不支持？駐京辦是實現我們市政府意志的機構，就算他心裏不支持，也必須無條件去實現這個想法。這個同志怎麼這樣？我原來還以為他是一個能幹點事情的幹部，一來就很支持他的工作呢。」

穆廣聽金達表示出對傅華的不滿，心中是竊喜的，他知道傅華跟金達的關係，金達在某種程度很信賴傅華，現在金達這麼說，說明兩人的關係出現了裂痕。穆廣覺得這是一個很好的機會，他可以趁機挑唆傅華跟金達，破壞他們之間的關係。

金達說：「傅華目前心思不在工作上面，他可能不久就要移民到澳洲去了。」

穆廣聽了說：「這就難怪了，我說他怎麼會這麼名不副實呢。既然是這樣，是不是駐京辦主任換一個人去做啊，這樣子顯然是不行的。」

金達雖然對傅華有所不滿，可是還沒有到想換掉他的程度，便搖了搖頭，說：「不行，傅華留在駐京辦還是能發揮一定作用的，他很有才幹，如果能積極起來，對我們是有很大幫助的。再說，駐京辦主任這種位置不是誰說幹就能幹的，目前也沒有合適的接替人選啊。」

聽金達這麼說，穆廣便知道他對傅華仍然很信任，就笑了笑說：「這倒也是。」

金達看了看穆廣，說：「穆副市長，你上次進京成果豐碩，你在北京這些部委之間，是不是很有些關係啊？」

穆廣說：「是有些朋友跟我關係還不錯，金市長，你的意思是讓我進京跑一跑保稅區這件事情？」

金達說：「我是想借重穆副市長這方面的關係，不過也不急於一時，我覺得先要把這個保稅區的構想跟張琳書記探討一下，把它確定為我們海川市下一個重點爭取的項目之一，把審批工作啟動起來，然後再進京運作，你看好不好？」

穆廣點了點頭，說：「這樣也名正言順，如果不正式啟動，現在地方上跑部要錢要項目的太多了，那些部委自然是多一事不如少一事，不願意表態支持。」

金達就去找了張琳，把自己這次進京的情況跟作了彙報，並表明了自己想要啟動保稅區審批程序的意思。

張琳聽完，說：「金達同志，我覺得這些部委領導的意見其實也不無道理，他們是從全局來考慮的，相對我們，可能看得更遠一些。」

金達分析說：「張書記，這些部委領導的意見我也認真考慮過，是有一定的道理，可是我們也需要面對海川市的現實，這些年，我們海川經濟進步一直不大，現在很急需一個新的經濟增長點來帶動我們海川經濟的發展。同時，鄰近城市有保稅區，而我們沒有，會讓一些有實力的廠商把投資都放在鄰近城市，我們海川市的吸引力相對就降低了很多。現在的局面不是投資遍地都是，而是粥多僧少，人家吸引投資多了，我們能夠吸引的就相對少了。所以我認為為了我們海川市經濟的發展，這個保稅區是必須要爭取的。」

張書記想了想，金達的說法也不無道理，便點了點頭說：「也是。」

於是保稅區的構想就上了常委會，常委會最後決定啟動這個海產品加工保稅園區的審批工作。

常委會通過之後，金達就全面啟動了海川市保稅園區的審批和建設工作。

隨著趙婷預產期的臨近，傅華向穆廣提出要請假去澳洲陪趙婷生產，沒想到卻意外的遇到了麻煩。

穆廣認為目前保稅區的審批進入到了一個關鍵時期，正是需要各方面的工作人員努力衝刺的時候，傅華在這時候請假到澳洲去，這一來一回會是一個不短的時間，一定會影響海川保稅區的審批工作，因此沒有批准傅華請假。

傅華沒想到會遇到這個麻煩，他知道生孩子對女人來說，是一個很重要的關卡，自己不去澳洲陪產，對趙婷會是一個很大的感情傷害。可是他也不能在領導不准假的情況下就離開駐京辦，這是不負責任的。

傅華去找金達，希望金達能幫自己跟穆廣說一下，准許自己請假，自己一定儘快趕回來，繼續參與保稅區的審批工作。

金達聽完傅華的說法之後，笑了笑說：「傅華啊，能不能先暫時不要去澳洲啊，這件事穆副市長跟我說了，現在正是關鍵時期，需要你在北京幫我們跟各部委溝通，你這時候離開，很多工作都得停擺，你也要為我們海川市考慮一下是吧？我知道不讓你去澳洲陪老婆生產，有點不近情理，可是你就是去了，你也不能幫她什麼啊？再說，你岳父岳母也在那邊，有他們在，難道你還有什麼不放心的嗎？」

傅華為難地說：「可是我這時候不陪在老婆身邊，有些說不過去。」

金達說：「等你的兒子出生，你可能馬上就要移民過去了，那時候你有大把的時間可以陪她，又何必急於一時呢？傅華，就當我請求你幫我做好這最後一項工作，行不行呢？」

金達話都說到這份上了，傅華也不好再說什麼，只好把自己不能去澳洲的情況跟趙婷說了，趙婷聽完，火大地說：「傅華，你說什麼？你這時候都不肯過來陪我？你是孩子的父親啊，你不想親眼看著他來到這個世上嗎？」

傅華苦笑著說：「小婷，我也想啊，可是領導不批准我的假，我真是沒辦法過去啊。再說，爸媽在你身邊，他們肯定會好好照顧你的，你不用擔心什麼。」

趙婷氣說：「可是爸媽在我身邊跟你在我身邊是不一樣的，傅華，你不要管什麼工作了，趕緊給我過來。」

傅華痛苦說：「不行啊，像我這個級別的幹部出國是需要相關領導批准的，現在金達市長根本不同意，我沒辦法出去啊。老婆，我等保稅區審批這件事情辦完之後，馬上就辦移民，再過去澳洲好好陪陪你好不好？」

趙婷說：「你早幹什麼去了，怎麼早不把事情安排妥當呢，到今天弄成這個樣子，你讓我怎麼辦？」

傅華趕緊陪笑著說：「老婆，你肯定一切順利的，放心吧。」

「放心你個頭啊。」趙婷說完，沒讓傅華再有說話的機會就關了視頻。

傅華知道趙婷是氣壞了，想了想，就打電話給趙凱，他想讓趙凱幫自己說幾句好話，好讓趙婷消消氣。

趙凱一聽傅華說不能過去澳洲了，便不高興的說：「傅華，你怎麼能這個樣子呢，這麼重要的時刻你不在小婷身邊怎麼可以啊？」

傅華把金達不准自己假的情況說了，然後說：「對不起，爸，我真的沒辦法趕過去。等我這邊的事情辦完，我會儘快趕去澳洲看小婷的。你幫我勸勸小婷，讓她別生氣，這樣子對孩子不好。」

於是傅華就留在北京，繼續為海川審批保稅區奔走，同時心裏也牽掛著遠在澳洲的趙婷。

這段時間對傅華來說，是生平以來最難熬的一段時期，白天他要打起精神來奔走於各部委之間，晚上則是打電話到澳洲，詢問趙婷的情況。

終於到了趙婷生產的日子，傅華守在電話旁邊，不時跟趙凱通著電話，詢問趙婷進產房的情況。

生產過程很不順利，原本趙婷想要自然產，可是孩子遲遲生不下來，最後迫不得已還是剖腹生了。傅華守在電話這邊，就像熱鍋上的螞蟻一樣難受，他知道自己都是這個樣子了，產房裏的趙婷怕是更加難熬。

趙凱在電話裏講了一個更不好的消息，由於生產時間太長，孩子可能有短暫的缺氧，醫生說要在醫院觀察幾天，才能確定有沒有對孩子造成傷害。

傅華更加擔心了，他真希望這時候自己能陪在趙婷和孩子的身邊，他讓趙凱把電話給趙婷，想跟趙婷說幾句話，可是趙凱把電話拿給趙婷，趙婷卻不肯跟傅華講話，對趙凱說：「你就跟他說，我累了，不想跟他講話。」

傅華在話筒裏聽到了，趕忙叫著說：「小婷，你不要這樣子，我知道是我不好，我馬上就想辦法趕過去。」

趙婷卻堅決的把電話塞還給了趙凱。

趙凱無奈的對傅華說：「傅華，小婷現在因為孩子的事情，情緒很不穩定，你先不要跟她講話了。你放心吧，我會照顧好她和孩子的。」

傅華如何能放得下心來，第二天一早他就打電話給金達，把情況跟金達說明，要求金達一定要批准自己去澳洲探望趙婷。

發生了這種情況，金達也不好再阻撓傅華去澳洲了，加上保稅區的審批暫時告一個段落，就說：「那好，你去吧，只是要儘早趕回來啊。」

於是辦護照、簽證，又折騰了一陣子，等傅華趕到澳洲時，趙婷和孩子已經出院了。

幸運的是，孩子經過觀察，一切狀況良好，讓傅華心中放下一塊大石，如果孩子真的出了什麼狀況，他絕對會遺憾終生的。

趙婷雖然在傅華剛去的時候還有些餘怒未息，對傅華十分冷淡，可是見傅華已經急忙趕了過來，心中還是高興的，在傅華拼命賠了幾次不是之後，才跟他又說又笑了起來。

最令傅華激動的是，終於看到了自己的兒子，兒子雖然還不能說話，可是看到傅華卻伸手去抓傅華，嬰兒的小手軟軟嫩嫩的，讓傅華從心中浮起了一陣暖意，這就是血脈相連吧，傅華看著兒子黑漆漆的眼睛裏的自己的影子，忍不住熱淚盈眶。

傅華也看到了那個John，John長得高高大大，是個很帥氣的白人男子，臉上還有些稚氣未脫。傅華向他表示了感謝，感謝他這段時間對趙婷的照顧。

John對傅華卻很不滿意，他會講中國話，跟傅華溝通起來沒有問題。他直接就指責傅華沒有照顧好趙婷，甚至在趙婷面對生孩子難關的時候，也沒陪在她的身邊。

他問傅華說：「傅，你覺得你的人生中什麼最重要？是能陪伴你一生的妻子和孩子，還是你的工作？我真不明白你是怎麼想的，你不覺得把工作凌駕於親情之上，是一種本末倒置嗎？你看看你的孩子和妻子，他們是多麼可愛啊？如果他們有了什麼閃失，你就是賺到再多的錢，你心裏也是不會快樂的。」

這個老外說話還真是直接了當，傅華被他說的臉都有些發紅了，有些羞愧的說：「John，你說的很對，我真的是本末倒置了。」

John說：「那幾天孩子留在觀察室的時候，你不知道趙有多麼擔心，你卻不在她身邊，讓她很孤單。不過，現在你來了就好啦，你可要多陪陪她，好好安慰她一下。」

傅華笑了起來，難怪趙婷會覺得這個大男孩是很好的一個人，他還真是很會關心人。

趙凱特別把傅華叫了出去，說要跟傅華好好談一談，傅華陪他來到了海邊。

趙凱說：「傅華，現在兒子已經出生了，想好他的名字了嗎？」

傅華笑說：「我這幾天光顧著激動了，還真沒認真想過。我們家鄉的規矩通常是由孩子的祖父或者外祖父起名字，我的父親已經不在了，我想是不是就由爸爸您來起這個名字？」

趙凱聽了很高興，說：「其實我已經想好了一個名字，就叫傅昭如何？昭是一個日字旁一個召喚的召，這個字有光明美好的意思，又跟我們趙家的趙字同音。」

傅華笑著點了點頭，說：「好哇，爸爸你想的太好了，就叫傅昭吧。」

趙凱說：「現在你有兒子了，傅華，你下一步是怎麼打算的？」

傅華說：「也沒什麼特別的打算，我趕快辦移民過來就是了。」

趙凱說：「我知道要到一個新的地方重新開始，心裏是會有些惶恐，要面對一個全新的環境是很不容易的，尤其你是做官的，已經習慣了那種生活模式，要從頭開始更難。你的這種心境我是理解的，也認真思考了你來澳洲的規劃。這樣吧，我在澳洲設立的這個企業，就交給你和趙婷來打理，也算是給你一個新的事業的起步。」

傅華忙說：「公司爸爸您管理就好了，沒必要移交給我啊。」

趙凱說：「這個公司當初就是為了移民而設立的，一開始的設想就是如果趙婷喜歡澳洲，就交給你們夫妻。現在趙婷已經打定主意要留在這邊，我就按照原來的設想交給你們。至於我，老實說，我不是很習慣這邊的生活，我和你媽都有些老了，對這種遍地是洋人的環境很難適應，我們都想早一點回到北京去。日後這裏我們還是會過來，不過只是來度假而已。」

傅華點點頭，說：「好，我聽爸爸安排就是了。」

趙凱說：「那你準備什麼時候過來？」

傅華說：「我手裏現在還有海川審批保稅區的事，等這件事情辦完了我就過來。」

趙凱一聽，眉頭皺了起來，說：

「傅華啊，有些道理你要明白，政府的事很難有處理完的那一天，一點小麻煩就可能延宕多時，你有必要為了這些將來可能與你絲毫沒有關係的事耽擱你跟兒子相處的美好時光嗎？再是，你也不要把自己想的那麼重要，就算沒有你，海川審批保稅區也會順利完成的。所以我希望你趕緊放下手中的這些瑣事，早一點過來吧。」

傅華為難的說：「可是我答應了我們市長，要幫他完成這件事情再走的，我不能言而無信啊。」

趙凱語重心長地說：「傅華啊，你要明白什麼對你才是最重要的。這次小婷已經對你很不滿了，你還沒來的那段時間，她天天擔心孩子，對你不在她身邊這件事是頗有怨言的。還好你匆忙趕過來，給了她一些安慰，所以她在你面前沒有發作出來，如果你再這個樣子，還要拖延好長時間才過來，我真不知道她會對你是一個什麼看法。」

傅華左右為難地說：「可是我們市長對這次的審批抱著很大的希望，我在這關鍵的時候離開，他肯定是不會同意的。」

趙凱說：「那就要看你心目中究竟是什麼比較重要了。」

傅華說：「我可以跟小婷好好談談，相信她會理解我的。」

趙凱看了看傅華，說：「傅華啊，我瞭解你，看來你不是不能辭掉駐京辦的工作，是你還沒做好移民過來的心理準備啊。」

傅華苦笑了一下，說：「也許吧，我一切的規劃跟這邊都是不搭界的，一下就這麼過來，我心裏還是很恐懼的。」

趙凱嘆了口氣，說：「那我也不催你了，隨便你吧。」

傅華說：「小婷那邊我會好好跟她說說的，讓她給我一段心理建設的時間，我會儘快過來的。」

從海邊回來後，傅華並沒有馬上跟趙婷談自己還要回去工作一段時間才能辦移民的事，他原本預計自己還可以在澳洲待一段時間，可以慢慢做趙婷的工作。

但是事態的發展完全打破了他的預想，他到澳洲的第五天，就接到了海川打來的電話，海川申報保稅區出現了一些原本沒有預想到的問題，金達要求傅華趕緊回北京，做好後續彌補的工作。

由於海川方面傳達過來的訊息表明事態急切，傅華只好答應馬上就趕回去。趙婷一聽傅華又要回北京，之前壓抑下來的憤怒情緒徹底爆發了：

「你們的金達市長究竟是什麼意思啊？你才來這麼幾天他就催你回去，離開你他這個市長就做不成了嗎？我跟你說，傅華，我不准你回去。」

傅華知道自己理虧，陪著笑臉說：「小婷，我知道是我不好，不過海川需要我回去把事情處理好，我處理完馬上就趕回來陪你好不好？」

趙婷執意說：「不行，我就要你在這裏陪我。」

傅華央求著說：「小婷，你講講道理好不好？我就是要辦移民也需要先回去啊，你就放我先回去，我會儘快回來的。」

趙婷看著傅華，說：「傅華，你這麼說還是我不講道理了？你別忘了，你在跟我結婚的時候，可是發過誓要給我一輩子的幸福的，可是我和兒子最難挨的時候你在哪裡？我最需要你的時候，你卻根本就不在我身邊。」

傅華無奈地說：「這不是個意外嗎？我也不想啊，再說，一知道情況後，我不是馬上趕過來了嗎？」

趙婷搖頭說：「你如果當初堅持，又何至於事情發生了你才匆忙趕過來，根本在你心目中我就是不重要的。行，你現在想回去是不是，可以啊，我放你回去，不過你可別後悔。」

傅華苦笑著說：「小婷，你想幹什麼啊？」

趙婷痛苦地說：「傅華，在遇到你之前，別人都是以我為中心的，我身邊的人對我都是倍盡呵護，自從遇到你之後，我就把你當成了我的重心，處處以你的意思為重，可是你是怎麼對待我的呢？你對得起我對你的一片心嗎？」

傅華說：「小婷，這是兩回事，我的工作也是我生活的一部分……」

「好啦，」趙婷打斷了傅華的話：「我不想聽你再說這麼多廢話了，你的工作根本就是你的全部，行啊，你要回去就趕緊回去吧，我不管你了還不行嗎？」

傅華哀求說：「小婷，你聽我說……」

「你不要說了，」趙婷再次打斷了傅華的話，臉上一片冷漠的說：「回不回去是你的自由，你什麼都不用跟我講了。」

傅華還想再說什麼，趙婷卻根本不想聽，閉上了眼睛。

傅華無法，只好去找趙凱，希望趙凱想辦法安撫一下趙婷。

趙凱看著傅華，說：「看來你是必須要趕回去了？」

傅華點點頭，說：「北京電話來催了，我看傅昭的情況很穩定，我留在這邊也沒什麼必要了。」

趙凱說：「算了，你要回去就回去吧，這邊小婷我會幫你照顧好的。」

傅華就買了機票，準備趕回北京。

臨別的時候，傅華去跟趙婷告別，趙婷看了他一眼，微微搖了搖頭，然後就轉過頭去，再也不看傅華了。

請續看《官商鬥法》十四　晴天霹靂

官商鬥法 十三 真相何在

作者：姜遠方
發行人：陳曉林
出版所：風雲時代出版股份有限公司
地址：105台北市民生東路五段178號7樓之3
風雲書網：http://www.eastbooks.com.tw
官方部落格：http://eastbooks.pixnet.net/blog
Facebook：http://www.facebook.com/h7560949
信箱：h7560949@ms15.hinet.net
郵撥帳號：12043291
服務專線：(02)27560949
傳真專線：(02)27653799
執行主編：朱墨菲
美術編輯：風雲時代編輯小組

法律顧問：永然法律事務所 李永然律師
北辰著作權事務所 蕭雄淋律師

版權授權：蔡雷平
初版日期：2015年11月
初版二刷：2015年11月20日
ISBN ：978-986-352-233-1

總 經 銷：成信文化事業股份有限公司
地　　址：新北市新店區中正路四維巷二弄2號4樓
電　　話：(02)2219-2080

行政院新聞局局版台業字第3595號 營利事業統一編號22759935

定價：280元　　特惠價：199元

國家圖書館出版品預行編目資料

官商鬥法／姜遠方 著. -- 初版. -- 臺北市：
風雲時代，2015.01 -- 冊；公分

ISBN 978-986-352-233-1（第13冊；平裝）

857.7　　104011822